은경이 일기

북한판 안네의 일기

엮은이 **김영수 서유석 최형욱**

도서출판 **북한연구소**

머리말

　북한 전문 서적이 많지만 '북한'을 생생하게 느낄 수 있는 책을 고르기가 참 어렵다. 더욱이 북한 주민들의 삶이 있는 그대로 녹아 있는 책은 별로 없다.

　언론 매체에서 소개되고 있는 북한 뉴스도 북한 전체가 아닌 평양 중심 뉴스가 주를 이루고 있고, 일반 주민 소식보다는 지도자와 당·정 중심의 동향이 국민들에게 전달되고 있다. 통일을 이루기 위해서는 통일의 상대방을 제대로 정확하게 알아야 하는데도 북한 실상과 뉴스의 간극은 여전히 크다. 지금도 북한을 정확히 모른 상태에서 통일 공감대 형성 및 북한 인권 실상 파악이라는 노력이 전개되고 있다.

　북한 실상을 정확하게 파악하지 못하면 통일로 가는 길을 엉뚱한 곳으로 이끌 가능성이 높으며, 통일 상대방인 북한 의도를 오인한 채 남한 중심적 인식 속에 빠질 수 있다. 특히 북한에 사는 일반 주민들의 삶이 어떤지 제대로 이해하지 못하기 때문에, 북한 인권 실상이 열악해서 빨리 개선해야 한다는 정책을 내세워도 공감하는 정도가 기대에 못 미치는 양상이 반복되고 있다.

　통일을 이끌 젊은 층은 북한에 대한 관심이 적고 통일에 대해 무관심한 성향을 보이고 있어 통일 추진력이 예전에 비해 급격히 떨어지고 있다. 정부가 북한 인권 문제를 통일 준비를 위한 주요 의제로 삼더라도 젊은 층의 호응과 지지는 나타나지 않고 있다. 젊은 층이 공감하고 이해할 수 있는 북한 실상이 보여지기 전에는 이런 양상을 깨트리기 어렵다. 특히 학교 교육 현장에서 북한 실상을 소개하는 영상 자료와 서적들이 학생들의 관심을 끌지 못하고 있다. 이런 상황 속에서 정부의 정책과 유리된 북한 교육이 지금도 진행되고 있다.

『은경이 일기』는 이런 문제의식 속에서 기획하고 추진했다. "북한을 알아야 통일이 보인다."는 문제의식 아래 북한의 실상을 있는 그대로 생생하게 느낄 수 있도록 구성했다. 한편, 『은경이 일기』는 [북한판 안네의 일기]라고 할 수 있다. 네덜란드 유태인 여학생 안네 프랑크가 나치 수용소에 끌려가기 전까지 은신처에 숨어 살면서 체험했던 것을 일기로 남긴 것처럼, 북한에서 태어나 북한 체제 특성을 있는 그대로 체험한 탈북한 여학생이 고등학교 1학년 생활을 회고하면서 써 내려간 형식으로 작성한 일기이기 때문이다.

북한에서 살던 기억이 자꾸 사라지는 것이 안타깝다고 하는 은경이에게 체험 일기를 쓰는 것을 권유했는데, 이것이 『은경이 일기』로 탄생했다. 은경이와 같은 또래의 남녀 학생들의 얘기도 담고, 통일부 남북통합문화센터 남북생애나눔대화를 통해 만난 북한이 고향인 아주머니, 아저씨들의 얘기도 덧붙여가면서 『은경이 일기』를 만들었다. 『은경이 일기』는 약 15년 전의 북한을 그 배경으로 삼고 있다. 북한 체제 특성이 잘 변하지 않는다는 점에서 『은경이 일기』 속의 삶은 지금의 북한과 큰 차이가 없다고 본다.

학교 생활, 친구 생활, 가족 생활, 동네 주민 생활이 담긴 『은경이 일기』를 통해 "북한이 이런 곳이구나", "우리와는 이렇게 다르게 사는구나"를 알게 되면 좋겠다. 현재의 북한 사회를 생생하게 전달함으로써 통치자 중심의 북한 뉴스에서 벗어나 북한을 바라보는 새로운 통찰의 계기가 마련되기를 기대한다.

한 권의 책으로 내기에는 1년 일기 분량이 너무 많아 선별작업에 시간이 걸렸다. 북한연구소 서유석 부장과 최형욱 연구원, 두 분의 공동작업 없이는 불가능했다. 끝으로 일기 내용에 맞는 삽화를 그려준 이재국 삽화가와 편집 전체를 아우른 송혜근 편집자님께 감사드린다.

2024년 1월
엮은이를 대표하여
김 영 수

목차

1월 이야기

세뱃돈 받는 날 · 15
새해 첫 전투 · 18
장작과의 전투 · 22
지옥 가는 날 · 25
쓰레기장 청소 하는 날 · 28
탄불이 죽었다 · 31
생활총화 · 34
남한 드라마 들려주기 · 38
창고를 뒤지다가 · 41
개파리의 생활총화 · 44
평성으로 · 47
짐 검열 · 50
평성 도착 · 53
평성 장마당 구경 가는 날 · 55

2월 이야기

만수대TV · 59
엄마에게 전화하기 · 62
'평양-혜산'행 열차에서 만난 사람들 · 64
영예군인 · 67
바람개비 팔기 · 69
정월대보름 · 72
물 긷기 · 75

3월 이야기

나무 심기 · 81
꼼수 부리기 · 84
국제부녀절 · 88
혁명력사시험 보는 날 · 90
엄마 생일 · 92
마지막 총화 · 95

4월 이야기

개학 · 101
배경대 연습(카드섹션) · 105
인민군 초모 환송모임 · 106
옷차림 단속을 피하는 법 · 109
횟가루 칠 하는 날 · 113

5월 이야기

맥주파티 · 119
에나멜 칠하는 날 · 123
출석률 돌려 막기 · 124
공개 재판 · 126
'림꺽정'을 못 보게 하는 이유 · 129
김매기 동원 · 131
정치군사학 시간 · 134

6월 이야기

어른을 위한 아동절 · 139
단오 명절 축구경기 · 142
드라마 '아름다운 날들' · 146
드라마를 보느라 아프신 아빠 · 149
인민반 회의 · 151
토끼소조 가입 · 154
전쟁이 일어나면 · 156

7월 이야기

고사리 방학 · 163
아파트 붕괴 · 166

8월 이야기

살인사건 · 171
반항공훈련 · 174

9월 이야기

개학 · 181
일사금 · 184
농촌동원에 대한 환상 · 187
조선민주주의인민공화국 창건일(구구절) · 189
추석 · 193

농촌동원 공지 · 197
농촌동원 준비 · 200

10월 이야기

농촌동원의 낭만 · 205
당창건 기념일 · 208
감자서리 · 211
최후의 만찬과 우등불 오락회 · 214

11월 이야기

겨울 · 219
김장 · 223
집단 공개재판 · 226
빙두 · 230

12월 이야기

감기 · 237
반 초위원장 거수투표의 웃기는 결과 · 241
만병통치약 · 243
동짓날 · 246
처음 맛본 빠다(버터) · 249
충성의 노래모임 · 252
명절 준비 · 255
한 해를 보내며 · 256

등장인물

은경이 명랑하고 활발한 17살 사춘기 고등학생

엄마 가끔 은경이와 티격태격하지만 누구보다 말이 잘 통하는 은경이 베스트 프렌드

아버지 겉으로는 엄격하지만 마음씨는 다정하여 보이지 않게 은경이를 잘 챙겨주는 아버지

담임선생님 항상 엄하고 까칠한 모습이지만 학생들을 너그럽게 이해해주시는 선생님

정철오빠 다재다능한 모두의 리더. 은경이가 짝사랑하는 동네 오빠

진옥이 똑똑하고 쾌활함. 진지한 성격을 지녀 은경이 마음을 진심으로 공감해주는 친구

개파리 장난기가 많고 재치있으며 어디서든지 분위기를 재미있게 주도하는 은경이 친구

1월 이야기

세뱃돈 받는 날

엄마   일어나! 빨리 일어나서리 만두랑 떡 빚는 것 좀 도와라!

  밤새 상상의 탑을 쌓느라 너무 피곤했지만 엄마의 고함소리에 일어날 수밖에 없었다. 딱 5분이라도 더 자고 싶었지만 엄마는 도저히 용납할 수 없나 보다.
  4시부터 일어난 엄마 손이 분주하다. 차례상에 올릴 갈비도 삶아야 하고, 두부도 부쳐야 하고, 지짐*도 부치고, 나물도 무치고 정말 그 많은 일들을 어떻게 다 하는지 볼 때마다 놀랄 정도로 엄마는 대단한 사람이다.

엄마   저.. 저... 떡 빚는 꼬락서니를 좀 봐라! 언 손질 하지 말고 야무지게 좀 해라. 송편을 곱게 만들어야 이담에 시집가서 고운 애를 낳는단다!

나   그러는 엄마는... 떡을 못 생기게 빚어서 내 이렇게 못 생겼구나..

엄마   말 말아. 니 애기 때는 얼마나 고왔는지 아니? 너를 보는 사람마다 나중에 호텔 앞에다 가만히 세워놓기만 해두 잘 될끼라구 그랬다.

* 지짐: 밀가루 1컵에 물 3컵 정도의 비율로 섞은 다음 약간의 소금 간을 하여 팬에 얇게 부치는 전

	그러던 게 저게 왜 저렇게 컸는지... 내 잘못 낳은 게 아이라 니 잘못 커서 그렇다.

나　　　어련하겠소...

　형제들이 다 모이고, 차례상이 완성됐다. 이제 할아버지께 절할 시간이다. 다들 옷 매무시를 단정히 하고 차례상을 마주하고 섰다. 의식은 할머니가 주관하신다.

할머니　　영감애! 그래도 오늘이 또 설이라구 애들이 이렇게 한상 차렸소. 요즘 과일값도 비싸구, 이면수 값두 비싼데 아버지한테 준다구 이렇게 한상 가뜩 차렸소. 올 한 해두 애들이 아무 탈 없이 잘 지내게 영감이 귀신 노릇을 좀 잘 해야겠소. 살아생전에 그렇게 좋아하는 술도 마이 있소. 마음껏 마시구 애들을 좀 잘 보살펴 주소. 다들 할아버지한테 절 두 번 반 올레라.

　모두 함께 할아버지께 절을 올리고 나면 남자들만 차례로 나가 개별적으로 술을 따른다. 아버지들이 따르면 그 뒤로 아들들이 따른다. 남자 아이는 3살만 되어도 술을 따르게 한다. 하지만 여자 아이들은 나이가 많아도 술 한번 따르기가 쉽지 않다. 그렇게 절이 다 끝나고 나면 할아버지가 와서 제상의 음식을 드실 수 있게 5분간 뒤로 돌아앉는다. 다음으로 제상에 올렸던 음식들을 전부 귀퉁이를 하나씩 떼어내어 냉수를 담았던 그릇에 담아 고수레*를 하면 그것으로 의식은 끝난다.
　의식이 끝나면 아침 식사가 시작된다. 아버지들은 술 마시느라 정신이 없고, 엄마들은 수다 삼매경에 빠진다. 그 정신없는 속에서도 우리는 세배하는 것을 절대로 잊지 않는다. 아이들은 세뱃돈을 세어 보느라 정신이 없다.

* 고수레: 민간 신앙에서 제사 후 음식을 먹기 전 조금 떼어내어 허공에 던지는 행위

새해 첫 전투

날이 밝았다. 오늘은 새해 첫 전투 날이다. 학교에 가서 선서*도 참가해야 하고, 퇴비도 바쳐야 한다. 나는 오늘 할 일들을 너무나 잘 알고 있다. 하지만 그래서 눈 뜨기가 싫고 무섭다. 오랜만에 학교에 가는 것도 좋고, 친구들과 만나 그동안의 수다를 떠는 것도 좋다. 그러나 퇴비는...

엄마   일어나라. 오늘 선선데, 학교 안 가니?

나   응 간다. 근데 퇴비를 일 인당 한 마대씩 가지구 오라는데 어쩌니?

엄마   퇴비 없다 그래. 먹어야 똥 싸지? 먹을 것두 안 주는데 똥이 어디 있다니? 먹을 거나 주구 똥이든 밥이든 달라하라 그래.

나   엄마 좀... 그러지 말구 어떻게 좀 얻을 데 없을까?

엄마   삼촌네 집에 가봐라. 가서 변소에 있는 것 좀 달라구 그래.

아침 일찍 삼촌네로 향했다. 아파트에 살아 변소가 없어 해마다 첫 전투 때 퇴비 때문에 어려움을 겪는다. 그러나 변소가 있는 집이라고 문제가 없는 것도 아니다. 기껏해야 서너 식구가 사는데, 나라에서 요구하는 퇴비량은 엄청나기 때문에 아무리 주택에 산다고 그 양을 전부 해결할 수는 없는 노릇이다. 일단 삼촌네서 똥보다는 얼음이 많은 퇴비를 5kg 정도 얻어 학교로 갔다. 먼저 도착해 기다리고 있던 선생님의 눈빛이 왠지 심상치 않다. 일단 9시에 선서를 마치고 보자는 눈빛이다. 아침부터 싫은 소리를 듣지 않은 것은 다행이지만 선서가 끝난 후 폭풍이 뭔가 끔찍할 것 같다는 생각이 들었다.

선서가 시작됐다. 다들 교실의 정면 벽에 모셔진 김일성, 김정일 장군의 초상화

---

* 선서: 새해나 2월 16일(김정일 생일), 태양절(4월 15일 김일성 생일)을 맞이해 당과 수령에게 충성을 다하겠다는 집단 결의모임

를 우러른다. 선서는 선생님이 선서문을 읽으면 학생들이 따라 읽는 방식으로 진행한다. 선서 내용은 '올 한해도 수령님의 말씀과 장군님의 말씀을 잘 받들어 강성대국을 건설하는데 몸과 마음을 다 바치겠다'는 내용이다. 그렇게 선서가 끝나면 모두가 첫 전투로 돌진해야 한다. 1월 3일부터는 "모두다 첫 전투*에로!"라는 문구가 마을 곳곳에 자리가 없어 붙지 못할 지경이다. 첫 전투는 1월 3일 새해 벽두부터 당에서 정해 준 날까지 해당 협동농장에 퇴비를 가져가는 것이다. 전 해에 농사가 잘 되었으면 50일 정도가 되고, 그렇지 않다면 100일, 어떤 때는 150일이 되었던 해도 있었다.

첫 전투 기간에는 매주 1~2번, 많게는 3~4번 정도 학교로 퇴비를 가져가야 한다. 하지만 그렇게 매일 가져갈 퇴비가 없다. 시골도 아니고 아파트에 사는 학생들도 꽤 있어서 퇴비를 장만하는 것이 여간 어려운 게 아니다. 선생님도 그 사실을 모르지 않겠지만 학교에서 학급별로 과제를 내어주니 할 수 없는 일이다. 해마다 학교에 첫 전투 시작과 함께 퇴비 몇 톤씩 과제가 떨어지는데, 교장은 학급마다 나눠주고, 선생은 아이들에게 시킬 수밖에 없다. 결과적으로 모든 과제를 떠맡는 것은 우리들이지만 그렇다고 선생님들도 마냥 편한 것은 아니다. 아이들이 과제를 못하면 담임은 교장 선생에게 욕을 먹어야 하고, 학급들이 자기 과제를 못하면 교장은 자기의 상관에게서 욕을 먹어야 한다. 그러다 보니 해마다 첫 전투 때면 교장과 담임들 간의 트러블이 생기기 마련인데, 심한 경우에는 교사의 자격이 있다 없다는 심한 말까지 나오기도 하고, 남자 선생들 같은 경우에는 배 째라는 식으로 맞서기도 한다. 어쨌거나 첫 전투는 선생들에게도 아이들에게도 골치 아픈 일이다.

또한 첫 전투는 학생들만 하는 것이 아니라 북한 주민이라면 누구나 참여해야 하기 때문에 가정 내에서도 트러블이 많이 생긴다. 보통 한 집에 아이들이 한두 명에 직장에 다니시는 아버지와 어머니, 혹시 어머니가 가정주부라면 녀성동맹**에 가입

---

* 첫 전투: 새해를 맞아 당에서 내어준 첫 임무로 학생, 노동자, 농민 할 것 없이 모든 분야에 걸쳐 내려지는 총 동원령을 말한다.
** 녀성동맹: 전업주부들로 구성된 조선민주녀성동맹을 말하며, 동마다 당세포조직의 책임자를 중심으로 조직되어 있다.

되어 있어 온 집안 식구가 어떻게든 조직에 목매어 있다. 게다가 직장이나 학교, 녀맹과 상관없이 인민반*에서 별도로 주어진 과제를 세대마다 해야 하기 때문에 한 집에 변소가 몇 개가 된다고 해도 나라에서 하라는 과제를 전부하기에는 역부족이다. 그러다 보니 변소가 있는 집들도 아침에 먼저 눈을 뜨는 사람이 임자다. 친구네 예를 든다면 친구 아빠가 아침에 직장으로 가져가기 위해 언 퇴비를 괭이로 까서 자루에 넣어 두었는데, 친구가 아빠 보다 일찍 일어나 먼저 학교로 가져온 것이다. 물론 친구는 아빠가 그런 행동을 한 자신을 가만두지 않을 것이란 사실을 누구보다 잘 알았겠지만 어쩔 수 없었다. 퇴비를 가져가지 않으면 가져올 때까지 계속해서 집으로 돌려보내니 친구로서도 다른 길이 없다.

선서가 끝나니 선생님의 눈빛이 달라졌다.

선생님   다들 밖으로 나가 자기 퇴비 앞에 서라!
이게 누구 게야? 이 정도는 가져와야지, 양심 없는 것들이...
한 자루씩 가져온 사람만 집에 가고 나머지는 다시 갔다 와라.

나   쌤. 퇴비 없는데 어디서 가져옵니까? 우리두 퇴비를 줍든 어찌든 시간이 걸립니다.

선생님   선생이 말하믄 하라는 대로 할께지 어디서 따박따박 말대꾸야. 빨리 내 눈 앞에서 사라지지 못하겠니? 당장 없어져라잉!

맡겨진 퇴비량을 제대로 하지 못해 쫓겨난 것은 나뿐이 아니다. 아파트에 살거나, 열성 당원 아버지를 둔 아이들은 전부 다시 집으로 가야 했다. 아파트에 사는 아이들은 변소가 없으니 퇴비가 없고, 열성 당원을 둔 아이들은 아버지가 다 가져갔기 때문에 퇴비가 없다. 어찌 됐건 학교에서 쫓겨난 우리들이 갈 곳은...

이미 정해졌다. 친구네 중 비어있는 집으로 가는 것이다. 거기서 수다를 떨 게

---

* 인민반: 30~40세대를 기준으로 한 인민반을 구성해 보통 한 개의 동에 60~70반, 많게는 100반 정도가 있다.

획이다. 엊그제가 명절이었던 덕분에 명절 음식도 남아 있어 여럿이 모여 놀기에는 천국이 따로 없다. 여럿이 모여 앉으니 별의별 이야기가 다 나온다. 친구들 중에 오빠가 있는 아이들이 꽤 있었는데, 누구 오빠는 누구를 좋아하고, 누구 언니는 어느 오빠를 좋아한다는 등, 그래서 사귀자고 했는데 차여서 오빠가 밥도 안 먹고 고민하고 있다는 등의 이야기들이다.

신나게 수다를 떨다 3시까지 학교로 돌아가야 한다는 사실을 깜빡했다. 어차피 처음부터 가고 싶은 생각은 없었지만 그래도 기다리고 있을 선생님을 생각하니 마음 한편이 찜찜하다. 3시 반이지만 그래도 다 함께 학교에 가기로 했다. 물론 욕먹을 각오를 하고 말이다. 아니나 다를까 선생님이 저 멀리에서부터 우리를 노려보고 계신다. 그 눈빛을 보는 순간 후회가 밀려온다. 차라리 그냥 집에서 놀 걸…

선생님 저 저 꼬락서니들을 좀 봐라. 선생이라고 할 일이 없어서 이러구 있는 줄 아니? 이 추운 데서 이제나 어제나 언제믄 오는가 해서 기다리구 있는데 1시간이나 지나서 오는 주제에 맨손으로 달랑달랑, 니네 지금 선생을 놀리니? 어디 이런 간나새끼들이 다 있어 그래. 너네 오늘 집에 가는가 봐라. 나도 오늘 과제 다 할 때까지 여기서 한 발도 안 움직이겠다.

학생들 쌤 잘못했습니다. 다음에는 꼭 가져오겠습니다. 한 번만 봐주세요. 예?

열 받아 씩씩거리던 선생님의 호흡이 점점 수그러들고, 선생님은 우리를 집으로 보내주었다. 집으로 돌아가라는 말이 떨어지기 바쁘게 학교를 벗어나 내리달리는 우리는 정말 지옥에서 벗어 난 기분이다. 그런대로 오늘은 위기를 모면했지만 앞으로 50일 동안 저 꼴을 봐야 한다니 차라리 학교를 그만두고 싶지만 그럴 수는 없다. 내려오는 도중에 강철 오빠를 만났다. 내일 모래가 친구 생일인데 우리들과 놀고 싶단다. 안 그래도 선생한테 한바탕 욕을 먹고 난 뒤라 기분이 안 좋았는데 거절할 이유가 없었다. 우리는 내일모레 다섯 시에 만나기로 하고 각자 자기 집으로 헤어졌다. 정말 끔찍한 하루였지만 그래도 오빠들과 만날 생각을 하니 마냥 즐겁다. 내가 좋아하는 정철오빠도 왔으면 좋겠다.

장작과의 전투

　피곤한 하루가 지나서 그런지 눈을 뜨니 7시다. 빨리 일어나서 아침 준비를 해야겠다. 우리 집은 아파트지만 장작을 피워 집도 덥히고 요리도 한다. 우리 집만 그런 것이 아니다. 24시간 전기가 들어오는 도당 책임비서*나 중앙당 관리들을 제외하고 모든 백성은 아궁이에 불을 지펴 요리도 해 먹고 집도 덥힌다. 아침마다 일어나 불을 지피고, 그 어두운 곳에서 등잔불을 켜가면서 아침 준비를 하는 일이 얼마나 귀찮은지 모른다. 나무가 말라 있으면 다행이지만 날씨가 춥고, 비가 와서 창고에 나무가 다 젖거나 습기가 차면 불이 잘 붙지 않는다. 게다가 날씨가 흐리면 바깥 공기가 연기보다 무거워져 위로 올라가야 할 연기가 아래에서 자꾸만 맴돌면서 집안을 뿌옇게 가득 채운다. 그런 날이면 눈물, 콧물 흘리면서 밥 준비를 해야 하는 백성들의 노고를 장군**님은 과연 알고 있을까 싶다.

　아버지가 안 계시면 10시에 불을 지펴도 될 것을 8시에 출근하는 아버지가 있어 어쩔 수 없다. 떡이며, 잡채며, 만두며, 고기며 많이 남았지만 워낙 밥만 고집하시는 아버지 때문에 밥을 해야만 한다. 어제 눈이 왔던 탓인지 나무도 습기가 차 있고, 불도 쉽사리 붙을 생각을 하지 않는다. 아무리 노력해도 불은 붙는 척하다가 또 죽고, 붙는 척하다가 또 죽는다. 워낙 성질머리가 급한 내가 불을 붙이다 참지 못하고 장작을 바닥에 던지며 고함을 질렀다.

---

* 도당 책임비서: 북한의 조선노동당 도당위원회 사업의 전반을 책임지는 지위. 우리나라의 도지사에 비견되는 지위이다.
** 장군: 북한의 원수인 김정은을 뜻함

나	아 씨! 아이한다.* 못해 먹겠다.
아버지	왜? 아침부터 또 어째 그러니?
나	아버지. 불이 계속 죽는다. 신경질이 나서 못하겠다.
아버지	비켜봐라. 간나라는 게 조근조근하지 못하고 그렇게 지랄맞아서 어디다 쓰겠니.
엄마	쟤 저런다니까. 나중에 아마 시집도 못 갈기다.
나	엄마는 남이 열받아 죽겠는데 꼭 그렇게 말해야 하니? 시집 안 가니까 걱정하지 마.

 옛 속담에 때리는 시어미보다 말리는 시누이가 더 밉다는 말이 있다. 그래도 아빠는 불이라도 지펴주는데 엄마는 집안에 가만히 앉아 있으면서 훈수를 두니 정말 얄미웠다. 아빠가 도와준 덕분에 아침 준비는 원만히 했다. 명절에 남은 음식들로 아침상을 푸짐하게 차려놨더니 상다리가 부러질 것 같다. 한창 열심히 먹고 있는데 문밖에서 인기척이 들렸다. 엄마 친구의 목소리다. 시계를 쳐다보니 7시 반이다. 무슨 급한 일이 있어서 그래 일찍부터 행차했는지는 몰라도 일단 숟가락을 얹어 주었다.

엄마	밥 먹어? 여기 와서 한술 떠라.
엄마 친구	언니, 내 속상해서 죽겠소. 강철이 애비랑 지금 싸우구 나오는 길이요.
엄마	일단 앉아서 밥이라두 먹구 말해라.

 아빠가 먼저 출근했다. 남은 설거지는 내 몫이다. 엄마 친구가 남편이 바람피운 이야기를 조목조목 떠드는 바람에 설거지가 힘든 줄 모르게 끝났다. 내가 아지매라고 부르는 엄마친구는 손재주도 좋고 마음씨도 착하지만 여성스럽지는 않았

* 아이한다: 안한다의 북한식 표현. 북한 사투리에서는 '아니'를 '아이'로 발음한다.

다. 무뚝뚝한데다 키도 170이나 돼 뒷모습만 언뜻 봐서는 남자 같기도 했다. 하지만 남편은 둘도 없는 미남이었다. 그렇다 보니 아지매의 남편을 좋다고 쫓아다니는 여자들이 많았다. 집에서는 무뚝뚝한 와이프가 매일 같이 아이들과 싸우고, 또 돈 벌어오라고 소리나 꽥꽥 질러대지만 밖에서는 예쁜 아가씨들이나 과부들이 수줍게 꼬리를 치는데 남자 입장에서 안 넘어 갈 수가 없을 것이다. 하지만 그렇다고 꼭 바람을 피워야 하는 것도 아니지만 남자들은 어쩔 수가 없나 보다.

　사실 아지매의 남편은 군 복무를 일반 군부대가 아닌 최전선에서 했기 때문에 다른 사람들에 비해 출세할 수 있는 조건이 좋았다. 한마디로 스펙이 빵빵했고, 또 수령님과 기념촬영까지 한 사람이다. 아지매는 그런 남편을 출세시켜 보겠다고, 봄에는 산에 가 나물을 뜯어다 팔고, 가을에는 시골에 이삭을 주우면서까지 남편의 뒷바라지를 열심히 했지만 뭐가 문제인지 남편은 출세는 고사하고 날이 갈수록 오히려 더 진탕에 빠지는 것 같았다. 아지매는 더 이상 그 인간에게서 바랄 게 없단다.

　그래서 차라리 아이 둘을 다 데리고 나오더라도 이혼을 하겠단다. 아이 둘을 시골 친정에 맡기고 열심히 돈을 벌어서 집도 장만하고, 자리도 잡으면 그때 아이들을 다시 데려다 키우면 된다고 했다. 하지만 엄마의 생각은 다른 것 같았다. 다행히 남편이 집안 가산을 좋아하는 여자네로 가져가지는 않으니 없다고 생각하고 참아보는 것이 좋겠단다. 또 남자들이 바람이 나는 것은 일 순간이어서 오래지 않아 정신 차리고 다시 집으로 들어올 것이라고 타일러 보냈다. 엄마에게 하소연하고 나니 어느 정도 분이 풀렸는지 아이들에게 가봐야 한다고 돌아갔다. 아지매 이야기를 듣다 보니 어느새 시간이 훌쩍 지나갔다. 방학 숙제도 해야 하는데 큰일이다. 내일 퇴비와 방학 숙제장을 가지고 학교에 가야 하는데 나는 아무런 준비도 하지 못한 채 하루를 지나보냈다.

지옥 가는 날

오늘은 학교 가는 날, 아니 지옥 가는 날이다. 토요일에 학교에 가지 않은 것 때문에 또 담임한테 어떤 욕을 들어야 할지 눈앞이 캄캄하다. 그렇다고 계속 안 가면 그만큼 욕을 더 먹어야 하니 차라리 욕을 좀 먹더라도 욕의 연결고리를 끊어야겠다 싶어 일찍 일어났다. 세수하고, 양치하고, 밥 먹고 나니 벌써 8시다. 나는 서둘러 진옥이네로 향했다.

모범생인 진옥이는 언제 일어났는지 벌써 썰매에 퇴비 한 자루를 묶어두고 나를 기다리고 있었다. 진옥이네서 학교까지는 40분 정도 걸어가야 하는데 언덕이 많아 퇴비를 끌고 가는 길이 쉽지 않다. 둘 다 수지로 된 중국산 운동화를 신어 바닥이 미끄러운데다 아이들이 썰매를 탄다고 온통 길을 닦아놓아 썰매를 밀고 언덕을 올라가기가 정말 힘들었다. 게다가 무겁기는 또 얼마나 무거운지 둘이서 끄는데도 도대체 전진이 없다. 그렇게 한참을 퇴비자루와 씨름을 하고 있을 때 뒤에서 누군가 밀어주는 것 같아 뒤를 돌아봤다. 정철 오빠였다.

정철 오빠   니네 여자 둘이서 무슨 퇴비를 이렇게나 마이* 담았니.

나   원래는 선생이 한 사람당 한 마대씩 가지구 오라는 거 둘이서 가지구 가는기다. 근데 오빠는 퇴비 안 가지구 가도 되니?

정철 오빠   우리는 그딴 거 모른다. 방학 기간에 학교 나온다는 것만으로도 고마워해야지 무슨 퇴비야.

나   오빠네 선생이 가만히 있니? 우리 선생은 퇴비 안 가져가믄 애들 다 잡아먹을 기센데.

정철 오빠   그랬다가는 애들이 학교를 다 안 나올걸? 그래봤자 선생이나 손해지.

---

*마이: '많이' 라는 뜻의 북한말

어디서 그런 배짱이 나오는지 정말 신기했다. 어쨌거나 오빠 덕분에 퇴비를 학교까지 쉽게 끌고 갈 수 있었다. 퇴비를 가지고 교실에 들어서니 선생님이 벌써 와 있었고, 교실 뒷벽에 안 보이던 풍경이 하나 추가된 듯 했다. 경쟁도표가 붙어 있었다. 첫 전투 기간에 누가 가장 퇴비를 많이 바치는지를 경쟁하는 방식으로 도표에는 학급 전체 학생들의 이름이 적혀 있었다. 사실 아무도 그런 경쟁도표의 자기 칸에 줄이 제일 높은지 낮은지에 대해 관심이 없다. 물론 어릴 때는 누가 빨간 별을 많이 받는지, 또 누구의 도표가 가장 높은지가 중요했지만 학년이 높아갈수록 다 쓸데없는 짓이라는 것을 깨닫게 된다. 이미 다 큰 아이들에게 경쟁도표가 그리 중요하지 않다는 것은 선생님도 잘 아실 텐데 굳이 돈 들여서 경쟁도표를 만든 이유를 모르겠다.

낮은 학년 때도 매번 경쟁도표를 만들긴 했지만 한 학기를 마무리하면서 특별한 결과가 있었던 적은 없었다. 항상 처음에만 도표에 별도 붙이고 색도 칠했지만 두세 달 정도 지나면 담임이 스스로 지쳐서 그만둘 때가 많아 아무도 그 도표에 관심이 없다. 다른 아이들의 표정을 보니 아마도 나와 같은 생각을 하고 있는 것 같았다. 원래는 9시까지 모여야 하는데 지각한 아이들이 있어 10시까지 기다렸다. 학급 인원은 35명인데 출석한 아이들은 고작 13명.

악에 바친 담임의 고함소리가 시작됐다.

담임선생님   다들 제자리 앉아라. 그리구 수요일에 학교 나오지 않은 사람들은 앞으로 나와!

나를 포함해 5명 정도의 학생들이 교탁을 중심으로 빙 둘러섰다. 그때 목소리 하나만으로도 사람을 기분 나쁘게 하는 담임 특유의 앙칼진 소리가 교실 안을 채웠다.

담임선생님   설이, 너는 수요일에 머했니?

설이   그게... 그날 할머니 아파서리

담임선생님	할머니 아픈 거랑, 학교 나오는 거랑 무슨 상관인데?
설이	아버지랑 엄마두 없어서 할머니 간호해주느라 못 왔습니다.
담임선생님	구실이 좋구나. 그럼 은경이 너는 왜 안 왔는데?
나	전날에 밥 잘못 먹어서 체했습니다.
담임선생님	개소리한다. 애들이 데리러 가니까 니 집에 없다던데?
나	네 침 맞으러 병원에 갔습니다.
담임선생님	오늘 하루만 봐 줄 테니까 다시는 결석하지 마라, 알았니?
우리	잘못했습니다. 다시는 결석 안 하겠습니다.

 평소 같았으면 또 30~40분씩 떠들었을 텐데 이렇게 좋게 넘어가는 걸 보니 오늘 기분 좋은 일이라도 있는 모양이다. 어쨌거나 귀찮은 잔소리를 안 들어서 너무 다행이다. 게다가 오늘은 방학 숙제 검열도 하지 않았다. 숙제 검열할까 봐 정말 열심히 베꼈는데...
 무슨 점쟁이도 아니고 내가 숙제를 한 날에는 절대 검열하지 않다가도 혹시나 하지 못한 날은 귀신같이 알고 숙제 검열을 한다. 오늘을 위해 정말 열심히 숙제를 했는데 검열을 안 한다니 조금은 허무한 생각이 들었다. 그래도 담임의 기분이 좋아 보여 오늘은 일찍 집에 갈 수 있을 것 같다.

담임선생님	다들 자기 자리 들어가서 앉아라. 이번에 첫 전투 과제로 퇴비와 함께 토끼가죽 일인당 2장씩 바쳐야 한다. 토끼 가죽은 군인 아저씨들이 겨울에 춥지 않도록 귀마개와 배띠, 장갑을 만드는 데 사용한다. 이번 달 안에 우리 학급 과제를 수행해야 하니까 잊지 말고 다음 주까지 제출해야 된다. 알겠니?
학생들	네.
담임선생님	퇴비 가져온다고 다들 고생했다. 남자들은 운동장 청소하고, 여자

들은 교실 청소 마무리해놓고 집에 가봐라.

운동장이 넓어 학급별로 배정받아 청소를 한다. 눈을 쓸거나 나뭇잎들을 치우는 등 밖에서 해야 할 일들은 대부분 남자들이 하고 교실 청소나 물걸레를 써야 하는 일들은 여자들이 한다. 우리는 교실 청소를 해야 한다는 명분으로 남학생들을 교실에서 전부 쫓아내고 수다를 떨기 시작했다. 시간 가는 줄 모르고 재잘대다 보니 어느새 날이 어둑어둑해졌다. 우리는 서둘러 교실 청소를 마무리하고 각자 집으로 향했다. 집에 돌아와 보니 언제 왔는지 알림장이 와있다. 내일 아침 쓰레기장 동원이 있으니 새벽 6시까지 남자들은 삽과 괭이를 들고 여성들은 쓰레기를 담아 나를 것을 들고 쓰레기장으로 집합하라는 내용이다. 오늘 하루 왠지 일이 잘 풀린다 했더니 내일은 새벽부터 생고생하게 생겼다.

쓰레기장 청소 하는 날

아침 동원을 알리는 종소리와 찢어지게 요란한 인민반장의 목소리가 단잠을 깨운다. 반장은 잠도 없는지 6시가 채 되기도 전부터 소란을 피우기 시작한다.

인민반장 동원 나오시오~~~~~
  일남아, 주일아, 은경아!

반장이 집집마다 돌아다니며 문을 두드린다. 오늘은 쓰레기장 청소* 날이다. 1년에 서너 번 되는 쓰레기장 청소 날이지만 거의 한 달에 한 번 하는 느낌이다. 왜 그렇게 자주 돌아오는지 모르겠다. 우리 집에서 쓰레기장 청소당번은 항상 나다.

* 쓰레기장 청소: 쓰레기장은 보통 한 개 동에 몇 개씩 되는데, 동네 사람들이 쓰레기장에 쓰레기를 버리면 일주일에 한 인민반씩 돌아가며 쓰레기를 웅덩이나 산에 묻는 작업을 한다.

아빠는 절대로 인민반 동원에 참가하지 않는다. 대부분의 인민반 동원은 내가 참가하거나 가끔 가다 엄마가 참가한다.

엄마	맞다. 오늘 쓰레기장 청소 날이다. 은경이 아버지 좀 나가줘.
아버지	은경아~~~ 빨리 일어나서 동원 나가라.
나	아버지 좀 나가믄 안 되니? 왜 맨날 내만 시키는데?
아버지	너를 여태껏 왜 키웠는지 아니? 동원 내보내려구 키웠다.
나	와 나 진짜, 어처구니 없네. 누가 들으믄 아버지가 내를 키웠는 줄로 알겠다.

오늘따라 날씨가 너무 춥다. 실은 나도 나가고 싶지 않지만 아빠는 절대 나갈 사람이 아니니… 그렇다고 엄마를 내보낼 수도 없다. 가뜩이나 여리여리한 엄마를 내보내고 걱정하는 것보다 차라리 내가 나가는 편이 훨씬 났다. 얼어 죽을세라 수건을 꽁꽁 두르고 나갔다. 우리 인민반은 36세대인데 동원에 나온 사람 수는 반장까지 포함해 25명밖에 안 된다. 게다가 2/3가 아이들이고 어른들이 1/3밖에 되지 않는 데다, 그 중에 절반은 엄마들이어서 실제로 일할 수 있는 아빠들은 네다섯 명밖에 되지 않았다. 아이들 중에는 이제 막 10살이 넘은 아이들도 몇 있었다. 반장은 하도 기가 막혔는지 두 명의 어린 아이들을 집으로 돌려보냈다.

인민반장	야 ~~~ 사람들이 정말 양심이 없다. 너네 집에는 그래 너네 밖에 일할 사람들이 없다니? 소래*만한 아이들한테 소래를 들려서 내보내는 너네 엄마들을 반장이 좀 보구 싶다 그래라. 너네는 필요 없으니까 빨리 들어가서 엄마들 나오라구 해라.

항상 그렇다. 사실 힘이 센 아빠들이 동원되면 한 시간 정도면 끝날 일을 아줌

---
* 소래: 대야를 뜻하는 북한말

마들과 아이들이 하다 보니 시간이 오래 걸린다. 오늘따라 쓰레기양이 많아서 특히 더 오래 걸릴 것 같다. 게다가 쓰레기가 얼어붙어 더 힘들다. 몇 안 되는 아버지들이 얼어붙은 쓰레기를 곡괭이로 까놓으면 우리는 그것들을 자루나 들것에 담아 정해진 곳에 가져간다. 하지만 힘 약한 아이들과 아줌마들이 아무리 열심히 날라도 줄어들기는 커녕 오히려 더 불어나는 것만 같다. 새벽 6시부터 시작된 작업이 8시가 넘어도 끝날 줄 모른다. 이제 사람들이 하나둘 지쳐가고 적게나마 동원된 아버지들도 출근을 해야 한다고 투덜대기 시작한다.

아버지들이 다 들어가고 대신 아줌마들이 교대를 했다. 그 뒤로는 능률이 더 줄어들었다. 보통 때도 조금 힘들긴 했지만 대부분 8시 정도에는 끝내곤 했는데 오늘따라 왜 이렇게 힘든지 모르겠다. 그래도 오늘 안에 청소를 끝내야 다른 인민반에 넘겨줄 수 있으니 어떻게 해서든 끝내야 한다. 혹시라도 오늘 10시 전에 인계하지 못하면 이번 주에 우리 인민반이 또 청소를 해야 하는 상황이다. 우리는 정말 안간힘을 다 썼다. 9시가 지났을 무렵 우리는 드디어 청소를 마감할 수 있었고, 무사히 쓰레기장 인계를 마쳤다. 일을 끝내고 나니 계단 오를 힘도 남아나지 않았다. 식전 작업을 해 본 사람은 알겠지만 정말 힘들다. 보통 때보다 두 배 정도는 더 힘이 드는 것 같다. 겨우 계단을 올라 집에 들어섰는데…

엄마 왜 이렇게 늦게 끝났니?

나 집집마다 애들만 내보냈는데 그럼 어쩌니.

엄마 그래 고생했다. 고생한 김에 일남이네 집에 돼지물 좀 갔다주구 오나.

나 엄마, 진짜 너무한다. 내 지금 얼마나 고생하고 오는지 아니?
계단 오를 힘도 없어서 겨우겨우 올라왔더니 참 나.

엄마 모르는 사람이 봤으믄 니만 청소한 줄 알겠다.

나 다음부터는 내 아이 나갈게. 엄마 한번 나가서 좀 해봐. 쉬운 일인지…

힘들어 죽을 지경인데 돼지물까지 가져다주라니 정말 화가 났다. 엄마는 내가 기계인 줄 아는지 심부름이 한도 끝도 없다. 빨리 커서 이 집에서 나가야지 오는 일 가는 일 다 하다 보면 세월이 어떻게 가는지도 모르겠다. 엄마가 그럴 때마다 다음부턴 절대 동원에 나가지 않겠다고 마음먹지만 소용없다. 내일이면 또 까먹을 테니까.

오늘은 하루종일 자야겠다. 너무 힘이 든다.

탄불이 죽었다

아버지   은경아 니 어제 저녁에 탄불 보구 자라구 아버지 그렇게 말했는데 안 봐서 탄불*이 다 죽었다.

나   응? 아 맞다. 잘못했다. 어제 너무 피곤해서 깜빡했다.

새벽부터 아버지의 요란한 소리에 잠을 깼다. 어제저녁에 연탄불을 꼭 보고 자라는 아버지 말을 깜빡해서 연탄이 죽었다. 연탄불이 한번 죽으면 다시 살리는 일이 여간 힘든 것이 아니다. 마른 연탄을 때면 금방 타버리기 때문에 보통은 젖은 연탄을 찍은 다음 얼려서 땐다. 마른 연탄이면 금방 불이 붙을 텐데 젖은 연탄은 서너 시간 정도 밑불을 때주어야 불이 붙는다. 연탄을 넣기 전에 먼저 아궁이에 열이 충만할 때까지 불을 지펴 덥혀준 다음 어느 정도 열기가 느껴지면 그때 언 연탄을 넣고 그 연탄이 녹고 말라서 불이 붙을 때까지 계속해서 밑불을 지펴 줘야 한다. 하지만 직경 25cm 정도의 연탄이 들어갈 정도로 작은 아궁이어서 장작을 작게 쪼개 넣어야 하고, 장작이 타버릴세라 계속해서 새 장작을 넣어줘야 한다. 연탄에 불이 붙을 때까지 다른 일도 못하고 계속해서 신경 써야 한다. 날씨가 좋은 날에는 그래도 연탄에 불이 빨리 붙지만 날씨가 안 좋은 날에는 하루종일 걸려도 불이 잘 붙지 않을 때도 있다.

* 탄불: 연탄불을 뜻하는 북한말

오늘이 그렇다. 날씨가 흐려서 계속해서 연기가 거꾸로 쏟아져 나온다. 열심히 눈물, 콧물 닦으면서 불을 붙이고 있는 아버지를 보니 너무 미안한 생각이 든다. 생각 같아선 내가 하고 싶지만 7년간 연탄을 피우면서 단 한 번도 성공한 적이 없어 선뜻 나설 수 있는 상황도 아니다. 거꾸로 나오는 연기를 전부 받아 마셔 코 밑이 까맣게 그을린 아버지의 모습을 보니 또 한편으로는 우습기도 했다.

아버지	웃어? 니 지금 이 상황에 웃음이 나오니? 은경아 제발 좀 정신 차려라. 올겨울에 들어서만 지금 몇 번째야?
나	그니까 내 탄불을 보지 못하는 거 알면서도 왜 계속 내한테다 탄불 맡기니.
엄마	야 한집에서 사는데 다 같이 봐야지. 이 집에 엄마하구 아버지만 사니?
나	모르겠다. 어쨌든 잘못했다. 다음부터 잘할게.

잘못한 주제에 말대꾸만 꼬박꼬박 한다고 엄마의 잔소리가 아침부터 하늘을 찌를 기세다. 여느 때 같았으면 같이 대꾸를 했겠지만 오늘은 100% 내가 잘못한 일이라 어쩔 수 없다. 아빠의 계속되는 노력 끝에 연탄에 불이 달렸다. 시계는 벌써 9시를 가리켰고 아버지의 출근 시간은 이미 늦었다.

엄마	은경이 아버지, 아무래도 늦었는데 밥 먹구 가.
아버지	너네끼리 먹어라. 탄불 힘들게 살려놨으니까 제발 죽이지 좀 말구. 나는 너네 둘이서 하루종일 머하는 지 궁금하다. 둘이서 탄불도 하나 못 봐서야 쯔쯔...
엄마	아니 탄불이 죽었는데 나는 왜 걸구드는데? 나두 하루종일 바쁘다. 지만 바쁜 줄 아나 봐.
아버지	어이그 이것들이 나 가구 없었으면 내 혼자 얼마나 좋겠니 그래 헤

	헤헤
엄마	어이그 내 말이 그 말이다. 니 좀 어디 갈 데 있으면 갔다가 오지마. 우리 둘이 잘 먹구 잘살게. 은경아 안 그렇니?
나	안 그렇다. 아버지 없으믄 탄불은 누가 살리니? 엄마한테는 믿음이 안 가서리 헤헤
엄마	야 요 여끼(여우) 같은 게. 간에 붙었다, 쓸개에 붙었다 아주 그냥 살 줄 안다니까.

그래도 탄불이 다시 붙어서 얼마나 다행인지 모른다. 탄불이 없으면 설거지나 집안 청소, 양말같이 작은 빨래들까지 전부 찬물에 해야 하는데 다행히 탄불이 있어 오늘 설거지는 따뜻한 물에 할 수 있을 것 같다. 엄마와 둘이서 오붓하게 늦은 아침을 먹고 있을 때 밖에서 문 두드리는 소리가 났다.

일주	은경이 ~~~~
나	응. 오빠 무슨 일이야?
일주	우리 엄마 더운물 좀 가져오라 해서리.
엄마	우리두 탄불이 죽어서 지금 막 살렸다. 지금 막 피워나두 한 시간 정도는 있어야 될 게다. 엄마한테 가서 말해라.
일주	예.

탄불이 없는 집들은 더운물이 정말 귀하다. 물을 한번 덥히려면 장작을 때야 하는데 장작이 워낙 비싸서 어떤 집들은 아침에 밥할 때를 제외하고는 거의 장작을 때지 않는 집들도 있다. 장작이 얼마나 비싸면 '아궁이가 사람보다 더 비싼 밥을 먹는다'는 표현들이 있을 정도다. 그래도 연탄을 피우면 겨울을 좀 쉽게 날 수 있기는 하나 연탄도 장작 못지않게 비싸서 엄두를 못 내는 사람들도 많다. 나무

는 그래도 시장에서 그날그날 사다가 쓸 수 있지만 연탄은 한 번에 몇 톤씩 구매해야 하기 때문에 하루 벌어 하루 사는 집들에게는 힘든 일이다. 그래도 우리 집에 탄불이 있어 정말 다행이다 싶다. 만일 탄불이 없다면 한겨울에 얼음이 둥둥 떠다니는 찬물에 설거지와 집 청소를 또 세수를 해야 한다는 것은 생각만으로도 끔찍하다. 하루 이틀도 아니고 겨울내내 얼음물에 손을 담그고 산다는 것과 마찬가질 터이니 말이다.

생활총화

시계를 보니 5시 반이다. 오늘은 학교에서 생활총화가 있는 날이다. 방학 숙제는 대충 했는데 문제는 또 퇴비를 가져가야 한다는 것이다. 정말 그 놈의 퇴비는 도대체 언제 끝날지 짜증이 치민다. 아침 일찍 삼촌네 가서 퇴비를 조금이라도 얻어서 갈지, 아니면 빈 몸으로 그냥 갈지 고민이 많다. 아무리 생각해도 아침부터 삼촌네로 가서 퇴비를 구걸하자니 썩 마음이 내키지 않는다. 수요일에 퇴비를 가져갔고 또 방학 숙제도 했으니 퇴비 안 가져갔다고 그렇게 큰일이 날 것 같지 않다는 생각에 배짱을 부려보기로 했다. 대신에 생활총화 노트는 잘 정리해서 가져가야겠다.

생활총화는 등교 기간이든, 방학 기간이든 매주 토요일마다 진행한다. 물론 매주 꼬박꼬박 하지는 않는다. 선생도 사람인지라 가끔씩 넘어갈 때가 있기도 한다. 생활총화는 보통 선생님의 참석 하에 학급 학생들이 전부 모여서 한 주간 자신의 생활에 대해 착한 일을 이야기하고, 그렇지 않은 일에 대해서 반성하는 방식으로 진행한다. 자신에 대한 총화가 끝나면 다음으로 다른 친구의 올바르지 못한 행동에 대해 비판하는 호상비판을 해야 하는데 꼭 해야 하는 것은 아니다. 하지만 가끔씩 장난기가 발동해 가까운 친구를 일부러 일으켜 세워 그 친구의 잘못을 막 지어내는 경우도 있고, 정말 진심을 담아 호상비판을 하는 친구들도 있다.

원래 학교를 남보다 일찍 가는 스타일은 아니지만 퇴비도 없이 빈손으로 가는 것이 조금 미안해 학교에 일찍 가기로 했다. 교실 문을 열었더니 언제 오셨는지 선생님이 난로에 불을 붙이고 계신다. 슬그머니 다가가 일을 도왔더니 가뜩이나 쭉 찢어진 눈이 더 날카롭게 빛났다.

선생님　니 어째 빈손이야?
나　　　샘 그게 퇴비가 없어서리...
선생님　잘 논다 그래.

　선생님은 두고 보자는 듯 나를 향해 눈을 한 번 흘기더니 나에게서 시선을 거뒀다. 차라리 욕이라도 먹으면 그나마 마음이 괜찮을 텐데 아무 말 없으니 더 무섭다. 이제나저제나 선생님의 비위를 맞출 수 있는 타이밍을 찾아보지만 생활총화가 시작될 때까지 기회는 오지 않았다.
　교실 정면 벽에 수령님과 장군님 초상화가 모셔져 있고, 오른쪽에는 "학생에게 맡겨진 임무는 첫째도 학습이요, 둘째도 학습입니다."라는 수령님의 말씀이 적힌 액자가 걸려 있다. 왼쪽에는 "조직 생활을 잘하는 것은 학생의 가장 기본적인 자세입니다."라는 김정일 장군님의 말씀이 적힌 액자가 걸려 있고, 초상화 맞은편에는 학급 학생들의 개별 성적을 적어 놓는 성적표시판 및 알림판이 걸려 있다. 분단위원장*과 학급반장, 사상부위원장이 선생님과 함께 초상화 바로 오른쪽 아래에 앉았고, 학급 학생들 전체는 초상화를 마주 보며 앉았다.

분단위원장　지금부터 1월 2주 생활총화를 시작하겠습니다. 시작하기 전에 '김일성 장군의 노래' 1절을 다 함께 시창하겠습니다.
사상부위원장　"장군님은 빨치산의 아들" 제2장을 읽겠습니다.
　　　　　　(생략)...

---

* 분단위원장: 학급을 대표하고 학급의 일에 솔선수범하는 반장과는 달리 사상적으로 모범적이며 사상적, 혁명적 교양을 위한 조직생활에 앞장서는 사람

선생님   자 우리는 장군님의 따뜻한 보살핌과 사랑 속에서 또 새로운 한 해를 맞이한다. 우리 모두는 조국의 부강번영과 강성대국 건설에 꼭 필요한 사람이 되기 위해 노력해야 한다. 그런 의미로 지난주 자신의 행동에 대해 당과 수령 앞에 한 치의 거짓도 없이 반성해야 한다.

분단위원장   자 그럼 토론을 시작하겠습니다. 준비된 동무들은 차례로 나와 토론에 참여해 주십시오.

　　항상 그렇지만 토론에 선참으로 달려 나가기 위해서는 용기가 필요하다. 서로서로 눈치를 보면서 누군가가 먼저 나가서 토론하기를 바란다. 토론의 순서는 먼저 수령님 말씀 혹은 장군님 말씀 중에 하나를 인용하고, 그에 자신을 비추어 볼 때 준비가 안 되었다는 식으로 시작해서 앞으로 고치겠다는 결의로 끝난다. 말씀은 다들 어디서들 주워 들었는지 참 많이도 알고, 자기 잘못도 다들 너무나 잘 알고 있다. 5명 정도가 토론에 참여했지만 아무도 호상비판을 하지 않고, 자기 자신에 대한 이야기만 하고 들어왔다. 선생님이 갑자기 화가 나셨는지 지금 막 토론을 마치고 들어가려는 봄이에게 호상비판을 하라고 하신다. 순간 당황한 봄이는 1분간 침묵을 지키다가 갑자기 나를 쳐다보면서 입을 열었다.

봄이   호상비판으로 은경동무를 비판하겠습니다. 은경동무 일어서시오. 저번 토요일에 왜 학교에 나오지 않았습니까? 동무가 학교에 나오지 않아서 우리가 동무네 집까지 갔었는데 어디 있었습니까?

나   잘못했습니다. 그날 감기도 걸리구, 체기도 있어서…

봄이   그러믄 다른 동무한테라도 알려줘야지. 아무 말도 없이 그렇게 학교를 뚝꺼먹으면* 어쩝니까? 앞으로 고칠 수 있습니까?

나   네. 잘못 했습니다. 앞으로 다시는 안 그러겠습니다.

봄이   네 앉으시오. 그럼 토론을 마치겠습니다.

* 뚝꺼먹다: 직장이나 학교에 정당한 이유 없이 나가지 않는다는 북한말

갑작스럽게 호상비판을 하라니 바로 앞에 앉은 내가 생각났던 모양이다. 평소에 남들이 호상비판의 대상이 될 때는 웃기고 재밌더니 막상 내가 주인공이 되니 기분이 그리 좋지는 않았다. 괘씸한 생각까지 들어 두고 보자는 마음이 생겼다. 그러다 마침내 내 차례가 되었다.

나 토론에 참가하겠습니다. 위대한 령도자 김정일 장군님께서는 "조직생활을 잘하는 것은 학생의 가장 기본적인 자세입니다."라고 말씀하셨습니다. 하지만 저는 장군님의 말씀을 가슴 깊이 새기지 못하고 조직 생활을 게을리한 결과 수요일에 결석하는 잘못을 저질렀습니다. 장군님의 말씀을 가슴 깊이 새기고 실천에 옮겼다면 감기나 체기 정도는 참을 수 있었을 텐데 그러지 못했습니다. 저는 지금부터라도 아버지 장군님의 말씀을 가슴 깊이 간직하고 강성대국 건설에 작은 힘이나마 이바지할 것을 굳게 결의합니다. 호상비판은 지금 제가 누구를 비판할 수 있는 처지가 못 된다는 것을 여러분도 잘 알 것이라 생각해 생략하겠습니다. 토론을 마치겠습니다.

생활총화는 거의 1시간이 지나서야 마무리되었다. 다행히 다른 학생들이 퇴비를 많이 가져온 덕분에 오늘 하루 또 살아남았다.

남한 드라마 들려주기

어제 얼마나 울었는지 아침에 눈이 떠지지 않는다.
　아직 드라마에 대한 여운이 남아 있어 기분이 조금 묘하다. 아무리 드라마라지만 그래도 신현준의 죽음은 너무 슬프다. 잊으려 해도 자꾸만 떠오른다. 개인적인 생각이지만 차라리 권상우가 최지우에게 각막을 주고 신현준이랑 최지우가 행복하게 잘 살았으면 좋겠다. 옛날에 '남자의 향기'라는 영화에서는 마지막에 남자

주인공 권혁수가 죽지만 나중에 나온 드라마에서는 권혁수와 신은혜가 함께 도망치는 것으로 나온다. 사실인지 모르겠지만 '남자의 향기'가 영화와 드라마로 나오게 된 계기가 권혁수가 죽은 것에 대해 사람들이 엄청나게 슬퍼하면서 항의를 한 결과 드라마에서는 다시 권혁수를 살리게 됐다는 이야기를 들은 적이 있다. 해서 혹시라도 남한 사람들이 나와 같은 심정이라면 '천국의 계단'도 신현준과 최지우가 행복하게 사는 내용으로 다시 찍었으면 좋겠다는 쓸데없는 생각들로 아침을 시작했다.

아빠, 엄마가 나간 틈을 이용해 깊숙이 숨겨둔 '노래 수첩'을 꺼냈다. 내 또래의 여자 아이들에게는 거의 그런 '노래집'이 있는데 그 안에는 정말 다양한 노래들과 시들이 많다. 보통 두 개 정도는 있는데 하나는 '장군님과 당'에 대한 내용의 노래와 시들로 가득 차 있고 다른 하나는 남한 노래들로 가득 차 있다. 해서 학교에 가거나 선생님께 보여줄 때는 '장군님과 당'에 대한 내용들이 가득한 노래집을 보여주고, 친한 친구들끼리 만날 때는 남한 노래집을 보여준다. '당과 수령'에 대한 내용들로 가득 찬 노래집은 누구라 할 것 없이 맨 첫 장에 '김일성 장군의 노래'와 '김정일 장군의 노래'가 적혀져 있다.

그 노래들을 적어 두는 이유는 충성의 노래모임 같은 때 갑자기 노래 가사가 필요하기 때문이다. 그리고 또 김일성 사회주의 청년동맹*에 가입하려면 생활총화 노트와 함께 노래집도 있어야 하는데 이를 대비해서 준비해 놓기도 한다. 이때 생활총화 노트는 필수로 검열받아야 하고 노래집 같은 경우에는 보너스 점수로 들어가는데, 이러한 규정은 모든 학생들에게 해당되는 것이 아니라 1차 혹은 2차로 먼저 청년동맹에 가입하는 학생들만 필요하다. 중요한 것은 전적으로 보여주기 위한 것이지 실제로 지니고 다니면서 노래를 부르는 사람은 드물다. 오히려 남한노래가 적혀 있는 노래집을 들고 다니는 학생들이 더 많다. 혹시라도 새로운 노래를 알아오면 노래집 주인의 인기가 갑자기 높아진다. 서로 노래를 베껴 쓰게

---

* 청년동맹 : 청년층을 대상으로 한 북한 노동당의 가장 중요한 외곽단체로 대부분 만 15세부터 가입 가능하지만 경우에 따라서는 조금 더 어린 나이 혹은 좀 더 늦게 가입할 수도 있다.

해달라고 난리도 아니다. 어떤 때는 학급 전체가 모여 노래 연습을 한 적도 있다. 아무튼 나는 어제 '천국의 계단'을 보면서 베껴온 가사를 적어 넣어야겠다.

> ♪ 아무리 기다려도 난 못가, 바보처럼 울고 있는 너의 곁에
> 상처만 주는 나를 왜 모르고, 기다리니 떠나가란 말야
> 보고 싶다, 보고 싶다, 이런 내가 미워질 만큼
> 보고 싶다, 네게 무릎 꿇고 모두 없던 일이 될 수 있다면*

노래 가사를 적는 내내 드라마의 장면들이 파노라마처럼 떠오른다. 그때 밖에서 문 두드리는 소리가 들렸다.

진옥 은경이 ~~~
나   누구요?
진옥 내다 진옥이.
나   응 진옥이구나. 들어와 ~

진옥이는 부러움 가득한 눈길로 내 노래집을 펼치기 시작했다. 그리고는 노래집 속의 노래들을 알려달라고 떼를 썼다. 진옥이에게 '보고 싶다'를 알려주다가 갑자기 드라마 얘기가 생각나 들려주었다. 진옥이는 숨을 죽여 가며 내 이야기에 몰두했다. 그리고는 곧 슬픔에 잠겼고 눈가에 눈물이 가랑가랑 맺혔다. 그러다가 신현준이 최지우를 위해 죽음을 선택했다는 대목에서 눈물이 주르르 흘렀다. 우리는 우느라 정신없는 상황 속에서도 계속해서 노래를 불렀다. 엄마가 돌아온 후에야 우리는 노래하기를 그만뒀고 진옥이도 자기 집으로 갔다. 어제와 오늘 너무 울어서 그런지 두통이 느껴졌다. 오늘은 다른 생각 말고 일찍 자야겠다.

* 김범수의 '보고싶다' 중에서

창고를 뒤지다가

　수요일... 학교에서 돈이나 토끼가죽, 퇴비 등 무엇을 내라고만 하지 않으면 나오지 말라고 해도 갈 텐데 하루도 빠짐없이 돈을 내라니 정말 가고 싶지 않다. 물론 집이 부자여서 돈이 많으면 선생이 달라는 대로 다 줄 테지만 집 사정을 뻔히 아는 터라 나도 어쩔 도리가 없다. 집에서는 엄마의 비위를, 학교에서는 선생의 비위를 맞춰가면서 사는 것도 이제 지겹다. 선생은 매일 같이 돈을 내라고 하고, 집에서는 엄마가 돈이 없다고 매일 같이 노래를 부르지, 무슨 시집살이도 아니고 뭐하는 짓인가 싶을 때가 많다.
　오늘이 딱 그런 날이다.
　퇴비도 못 가져가는데 토끼가죽마저 안 가져가면 선생이 또 눈에 불을 켤 것이 분명한데 그냥 가자니 도대체 용기가 나지 않는다. 엄마한테 말하면 또 한바탕 난리가 날 줄 알면서도 어쩔 수 없다.

나　　엄마 집에 토끼가죽이 있니?

엄마　왜?

나　　이번에 인민군대지원사업*하는 것 때매 일인당 토끼가죽 두 장씩 내라재.

엄마　토끼가죽 두 장이믄 쌀이 3키로다. 가서 우리 먹을 쌀두 없다 그래.

나　　엄마는 좀 그러지마. 자기 쓸려구 그러는 것두 아니구 나라에서 내라는데 선생인들 별 수 있개?

엄마　날마다 내라는데 돈 낳아도 모자라겠다.

---

* 인민군대지원사업: 해마다 겨울이면 군인들에게 토끼가죽으로 모자나 귀마개, 장갑을 만들어 주는 사업

| 나 | 아 엄마 좀… 그러지 말구 토끼가죽 어디 있는지 좀 생각해봐 ~~~ |
| 엄마 | 창고 가서 한번 뒤져봐라 ~~~ |

혹시나 하는 마음에 창고를 열심히 뒤졌다. 몇 년 동안 묵혀뒀는지, 아니 몇 십 년은 족히 되어 보이는 오물들이 나오기 시작했다. 무슨 보물 창고도 아니고 생전 처음 보는 물건들이 나왔다. 요강, 어항, 스카프, 핸드백 등 신기한 물건들이 많이 나왔다. 그 중에서도 특히 눈길을 사로잡는 것은 핸드백이었다. 짙은 장밋빛에 도금을 씌운 손잡이와 연결고리들이 달려 있는 아주 예쁜 백이었다. 물론 조금 촌스럽기는 했지만 그래도 유행 당시에는 무척이나 예쁨을 받았을 것 같은 흔적이 깊이 묻어있었다. 토끼가죽보다는 그 가방이 왜 버려져 있는지가 궁금했다.

나	엄마 이게 뭐야?
엄마	응. 엄마 체네(처녀) 때 들던 게다.
나	우와~~~ 옛날에 이런 것두 다 있어?
엄마	니네 세대 불쌍해서 그러지, 우리 때*는 얼마나 잘 살았는지 아니? 상점에 가든 물건이 항상 쌓여있었다. 10전짜리 동전 몇 개만 가지구 가두 배불러서 다 못 먹을 정도로 마이 줬다.
나	정말이?
엄마	그랬다. 중국 애들이 그 가방 한번 들어보겠다구 얼마나 애걸복걸 했는데… 중국이 요즘 잘 살아서 그렇지 옛날에는 우리보다 훨씬 못살았다. 중국 여자들이 예단으로 그 가방 안 주믄 시집 안 오겠다구 해서 우리 강변에만 나가면 중국 애들이 막 따라다니면서 당면이랑 바꾸자구 했다.
나	근데 지금은 왜 우리 더 못사니. 중국 애들이 저렇게 발전하는 동안

---

* 1970~80년대를 말함.

	우리는 왜 아무 것두 아이해?
엄마	낸들 알겠니. 수령님 있을 때는 그래도 상점에 먹을게 남아돌았다.
나	내 쫌만 빨리 태어났으믄 수령님 덕에 잘 살 뻔했다잉? ㅎㅎ
엄마	그르게 말이다. 니네가 제일 불쌍한 세대다. 하필이면 제일 못 살 때 태어나가지구...

　우리가 중국보다 잘 살았다니... 나로서는 믿어지지 않는다. 고양이 뿔을 제외하고는 전부 중국 물품을 사서 쓰는 우리, 그것도 돈 있는 집들에만 허용되는 중국제의 일상생활 용품들... 날이 어두워지면 도시 전체가 캄캄한 우리나라의 풍경과 비교되지 않을 만큼 울긋불긋한 가로등이 반짝이는 중국의 거리와 아파트들이 말해주는 것과 엄마의 이야기는 전혀 달랐다. 아무리 상상의 나래를 펼쳐 보아도 나는 도무지 엄마의 생각이 머물고 있는 그 공간에 다다를 수 없다. 귀신을 보았다는 이야기보다 더 믿기 어려웠다. 내가 태어난 순간부터 기억하는 모든 공간들에서는 항상 중국 물품들이 인기가 많았다. 사람들은 중국 제품을 기성*이라 불렀고, 우리 사람들이 중국 제품을 흉내 내어 만든 제품을 가공**이라 불렀다.

　생생하게 기억나는 유치원 시절부터 고등중학교***까지 한 번도 국산 제품이 인기가 있었던 적은 없다. 기성 제품들은 그것이 의류가 되었든 주방용품이 되었든 가볍고, 예쁘고, 고급스러워 보였지만 가공 제품은 하나같이 투박하고, 무겁고, 촌스러웠다. 덕분에 아이들 옷차림만 봐도 그 집 경제 수준을 알 수 있었는데 못 사는 집 아이들은 대부분 가공 제품을 많이 입었기 때문이다. 그런데 그런 중국이 우리보다 가난했던 시절이 있었다니 믿기지 않는다. 혼자서는 감당이 안 되는 이 충격적인 사실을 나는 친구들에게 알리고 싶었다. 창고에서 찾은 낡은 토끼가죽

---

* 기성: 공장에서 기계로 만드는 제품으로 한국으로 치면 브랜드 의류 정품과 맞먹는 정도의 제품
** 가공: 중국산 재료들을 구입해 중국 제품과 유사하게 만든 것으로 짝퉁으로 인식됨.
*** 고등중학교: 북한은 고등중학교 6년제(중학교 3년, 고등학교 3년)를 운영해 오다가, 현재는 초급중학교 3년, 고급중학교 3년인 중학교 6년제로 운영하고 있다.

한 장을 집어 들고 학교로 향했다.

개파리의 생활총화

어제보다는 생리통이 조금 덜하기는 하지만 그렇다고 아예 나은 것은 아니다. 학교 가기도 싫었는데 차라리 잘된 일이다. 그때 밖에서 문 두드리는 소리가 들렸다.

개파리	은경이 ~~~
나	내 오늘 아파서 학교 못 간다.
철혁	어디 아픈데? 마이 아프니?
나	아니 그렇게 많이 아픈 건 아니구. 그냥 좀 몸살이 온거 같애.
개파리	야 아플 때는 우리랑 같이 놀아야 아이 아프다. 꾀병인 거 딱 알린다. 가자 ~~~

남자아이들에게 생리통이라 말할 수도 없고, 계속해서 떼를 쓰는 바람에 할 수 없이 따라나섰다. 그나저나 오늘 생활총화 날인데 생활총화 수첩이 어디 있는지 찾을 수 없다. 가뜩이나 학교에서 내라는 것도 잘 내지 않아 선생한테 미운털이 박혔는데 생활총화 수첩도 없이 생활총화에 왔다고 한바탕 난리 칠 일을 생각하니 끔찍하다. 아이들과 떠들며 학교로 가다가 경희언니와 마주쳤다.

경희언니	은경아 어디 가니?
나	응 언니. 내 학교 가는 길이다.
경희언니	그래. 요즘 왜 까딱 소식이 없니. 언니네 집에 놀러오나.

나	응 언니야. 심심하믄 놀러가께.

　나보다 세 살이 많은 맵짠* 경희 언니는 우리 동네 유명 스타다. 160cm 키에 가느다란 몸매, 게다가 노래도 잘하고 기타도 잘 친다. 그래서 온 동네 오빠들이 언니만 지나가면 침을 질질 삼킨다. 덕분에 언니의 연애 이력은 주위 사람들이 그녀보다 더 잘 알고 있었다. 사실인지는 몰라도 중학교 1학년부터 연애질을 했다는 둥, 여태껏 사귄 남자가 한 트럭은 된다는 둥, 애를 몇 번을 지웠다는 둥 별난 소문이 다 돌았다. 하지만 나는 그 소문을 다 믿지 않는다. 물론 소문들 중에 맞는 말도 있겠지만 대부분은 언니에 대한 질투로 부풀려진 이야기들이 많기 때문이다.

개파리	야 니 쟤를 어떻게 아니?
나	응 우리 같은 동네재. 왜?
개파리	와 ~ 저 간나** 완전 생 바람둥이라재?
나	아이다. 그게 소문이다.
개파리	내 저번 날에두 밤에 길 가다가 골목에서 어떤 새끼랑 둘이 서있는 거 봤는데?
나	머저라. 같이 서 있는다구 다 사귀니? 지는 연애도 못하는 주제 무슨…
개파리	야 말은 바른대루 내 못하는 기 아이라 안 하는 기다.
철혁	야 요새끼. 눈 하나 까딱하지 않구 거짓말 하는 거 봐라. 니 못하지 아이 하니?
개파리	이 새끼는 친구라는 기, 참 못 쓰겠다.
철혁	괜찮다. 못 쓰믄 고쳐서 쓰믄 된다. 헤헤헤

* 맵짜다: 세련되고 멋있다는 뜻
** 간나: 여자를 속되게 이르는 북한말

친구들과 함께 수다를 떨다보니 어느새 학교에 도착했다. 교실은 이미 생활총화 준비로 책상 정리도 다 되어 있었다. 하지만 늘 눈살을 찌푸리고 째려보던 그 낯익은 시선은 왠지 보이지 않는다. 선생님도 지각하는 날이 다 있구나 싶을 때 교실문이 열렸다.

선생님   야 선생님이 회의 들어가야 하니까 오늘 생활총화는 니네들끼리 해라. 알았니?

학급반장/분단위원장 네. 쌤.

분단위원장   모두 자리에 앉으시오. 1월 3주 생활총화를 시작하겠습니다. 준비된 동무들은 토론에 참가해 주시오.

선생님이 안 계시니 생활총화가 어디로 가는지 모르겠다. 선생님도 없는데 했다고 하고 그냥 넘어가면 안 되느냐는 의견도 나왔다. 게다가 토론에 참여한다 해도 장난이 절반이고 제대로 참여하는 사람이 거의 없다. 하지만 그 속에서도 융통성 없는 고지식한 애들은 정말 경건한 마음으로 호상비판까지 끝내고 들어온다. 그러다 개파리의 차례가 돌아왔다.

개파리   토론에 참여하겠습니다.
수령님 말씀은 저기(교실 오른쪽 벽에 있는 수령님 말씀을 가리키며) 있는 기구, 내 잘못은 동무들이 다 아는 기구, 고칠 건 뻔한 기구. 그럼 이만 들어가 보겠습니다.

개파리 덕분에 온 교실에 웃음바다가 됐다. 워낙 관심받기를 좋아하는 개파리는 친구들이 웃어주자 마치 개선장군처럼 한껏 들떠보였다. 개파리가 어깨를 으쓱이며 교단을 내려오는 순간 담임의 앙칼진 목소리가 들렸다. 선생님이 창문으로 다 보고 있었던 것이다. 개파리는 그렇게 우리에게 웃음을 주고 자신을 희생했다.

선생님	야 니 머이라구? 다시 한번 해봐?
개파리	쌤 잘못했습니다. 다시 아이 그러겠습니다. 한 번만 좀 봐주시오. 예?
선생님	야 내 지금 기막혀서 말이 다 안 나온다? 니 완전 종파분자 아이야?
개파리	선생님 보구 있는 줄 몰랐습니다. 다시 아이 그러겠습니다. 제발 한 번만 봐주세요.
선생님	니는 오늘 내 손에 죽었다. 야 거기 뒤에서 막대기 좀 내오나.

개파리는 생활총화를 망쳤다는 이유로 열 대를 맞고 우리는 웃었다는 이유로 한 대씩 맞았다. 한 대를 맞은 것도 엉덩이 살이 떨어져 나갈 것 같은데 열 대를 맞은 개파리는 얼마나 아플까 싶다. 그래도 개파리는 아무 일 없었다는 듯이 또 웃는다.

나	니 아이 아프니?
개파리	응 일없다.* 아새끼라는 기 쬐쬐하게 이쯤한 거 가지구 아프믄 되겠니? 나는 싸나이니까 이 정도로 끄떡없다.

말은 그렇게 하면서도 한쪽 다리를 절면서 가는 개파리의 뒷모습이 왠지 웃기다.

평성으로

엊그제 저녁부터 들어온다는 기차가 오늘 오후 3시에야 들어 왔다. 그래서 우리는 다행히 오늘 출발할 수 있게 됐다. 마침 겨울이라 준비했던 식사가 상하지

---

* 일없다: 걱정할 필요가 없다, 괜찮다는 뜻의 북한말

않아 두 번 준비할 일이 없다는 것도 참 다행스럽다. 이모와 나는 준비한 차표와 증명서, 출생증을 가지고 개찰구를 무사히 통과했다. 보통 18살이면 성인이 되고, 공민증을 발급받게 되는데 그때부터는 증명서를 발급받아야만 여행을 다닐 수 있다. 하지만 우리 같이 미성년자들은 출생증 하나만 있으면 전국을 다닐 수 있다. 가끔은 20살이라도 동안인 사람들은 증명서 발급받기가 귀찮아 출생증을 가지고 다니는 경우가 많다. 나는 성인은 아니지만 출생증을 잃어버려 친구의 출생증을 가지고 떠났다.

열차가 출발 준비를 마치고 출발선에 도착했다. 칸마다 열차 안내원들과 승무안전원*들이 나와 차표를 검열한 후에 차에 태운다. 좌석제로 바뀐 이후에 볼 수 있는 정갈한 풍경이다. 과거 좌석제로 바뀌기 전에는 먼저 타는 사람만이 의자에 앉을 수 있거나, 혹은 조폭이나 경찰, 군인 등 힘센 사람들만이 의자에 앉을 수 있었다. 덕분에 우리 같은 서민들은 바닥에 앉아가기 일쑤였는데 좌석제로 바뀌고 나니 차표만 있다면 누구나 편히 앉아 갈 수 있어서 다행이다. 또 싸가지 없는 군인들과 함께 가면 정말 짜증이 났는데, 좌석제로 바뀐 이후에 군인 칸이 따로 마련되어 있어 얼마나 다행인지 모르겠다. 또 창문으로 올라타는 그 혼잡한 풍경이 없어진 것이 정말 꿈만 같다. 덕분에 우리는 신사적으로 기차에 오를 수 있게 됐다.

열차 안의 모습도 이제 예전과는 다르다. 창문 유리도 다 깨져 있고, 나무 의자로 되어 있던 것들이 이제 이중 유리로, 가죽으로 된 의자도 있고, 짐 올려놓는 선반도 반짝반짝 코팅이 되어 있어 눈이 호화롭다. 입석표를 산 사람들이 중간중간에 서 있는 것만 빼면 얼마나 열차 안이 깔끔해졌는지 과거의 모습은 거의 찾아볼 수가 없다. 이제 달리는 차 안에서 창문 너머 멀리멀리 사라지는 거리의 모습들을 감상하는 일만 남았다. 하지만 아쉽게도 날이 금방 어두워져 밖이 보이지 않는다. 그래도 규칙적인 리듬을 맞추며 덜컥덜컥거리는 열차 소리가 참 좋다. 그 정겨운 열차에 몸을 맡기고 나는 이내 잠이 들었다. 시간이 얼마나 지났을까… 이모가 나를 흔들어 깨웠다.

* 승무안전원: 북한의 철도경찰

순희이모	은경아 ~~ 인나라. 인나서 밥 먹으라 ~~~
나	벌써?
순희이모	벌써 8시야.
나	이모, 우리 어디까지 왔어?
순희이모	어두워서 모르가서. 밥이나 먹자.
옆자리 아저씨	어허 벌써 시간이 이렇게나 됐네. 우리도 밥 먹어야 하는데.
순희이모	그럼 먼저 드시라요.
옆자리 아저씨	아이요. 먼저 먹소.
나	그럼 같이 먹음 되지.

    열차의 좌석은 보통 창문 하나 사이마다 3명이 앉을 수 있는 긴 의자가 두 개씩 마주 붙어 있는 형식으로 되어 있다. 처음 하루는 거의 서먹서먹한 시간을 보냈다. 서로 잘 모르는 사이니 어색할 수밖에 없다. 하지만 딱히 할 것도 없어 서로 마주 보고 앉아 며칠씩 가다 보니 서로에 대해 거의 모르는 것이 없을 정도로 친해진다. 우리는 조금씩 서로에 대해 궁금한 점을 물어보고 대답해 주는 방식으로 각자에 대해 소개했다. 그렇게 조곤조곤 떠들다가 다시 모두들 잠들어 버렸다. 나는 옆에 앉은 아저씨가 마음에 들었다. 웃기는 이야기도 많이 하고, 무엇보다 잘 생겼다는 점이 가장 마음에 든다. 사기를 많이 치기는 하지만 웃기려는 의도지 악의적인 의도는 없어 보인다. 그래서 좋은가 보다.
    좌석표를 끊은 사람들은 편하게 의자 등 받침에 기대어 잠이 들었는데 입석표를 구매한 사람들은 그 찬 바닥에 자신의 배낭을 끌어안고 꾸벅꾸벅 졸고 있다. 그 중에 머리가 하얀 할머니 한 분이 계셨는데 너무 안쓰럽다. 화장실을 들락거리는 사람들 때문에 계속해서 자리를 피해줘야 했던 할머니는 배낭을 끌어안고 잠을 자는 그 시간마저도 편치 않아 보인다. 게다가 정말 막 돼먹은 사람들의 욕까지 들어가면서 말이다.

싸가지1	아 진짜 그간 노당년*이 거기 딱 앉아 가지구, 아마애, 좀 저쪽에 나앉아 있소. 여기 사람들이 다니는 길인데 좀 귀찮게 하지 말구.
싸가지2	아매, 길 좀 비키오. 아 이 늙은 것들은 좀 다니지 말지, 괜히 젊은 사람들이 불편하게 쯔쯔쯔...
할머니	괜찮수다. 내 짐 막 밟아도 되오.

만일 저 분이 우리 할머니라면 내 마음이 어땠을까 생각해 본다. 마음 한 컨이 씁쓸하다.

짐 검열

날이 어둑어둑 밝아 온다. 무슨 일인지 고요하던 열차 칸이 갑자기 폭격이라도 맞은 것 마냥 시끄럽고, 짐을 들고 이 칸에서 저 칸으로, 또 저 칸에서 이 칸으로 들락거리는 사람들로 붐빈다. 아마 짐 검열이 시작된 모양이다. '혜산-평양'행 열차가 혜산을 출발해 평양까지 가는 기간 동안 총 4~5번의 짐 검열이 있는데, 1차 검열이 바로 길주에서 시작된다. 짐 검열을 시작한 것으로 보아 아마 길주역을 지금 막 출발했나 보다. 증명서나 차표가 없는 사람들은 승무안전원을 피해 이리저리 도망 다니고, 승무안전원과 열차 안내원들은 어떻게든 그 사람들을 잡아서 돈을 뜯어내려고 혈안이다.

승무안전원	어이 증명서.
탑승객	네 여기 있습니다.
승무안전원	동생 결혼식에 간다구?

* 노당년: 늙은 할머니를 속되게 이르는 말

탑승객	네.
승무안전원	요즘 돈만 주면 증명서도 다 해달라는 대로 해주지? 그래 솔직히 어디 가지?
탑승객	에이 무슨 소립니까. 진짜 동생 결혼식에 갑니다.
승무안전원	야 요새끼, 요거 봐라. 그래 동생 결혼식에 머 가져가나? 짐 없어?
탑승객	네. 거기서는 농마(감자전분)가 귀하다구해서리 한 배낭 가져가는 길입니다.
승무안전원	이 안에 머 '이상한 CD(한국 드라마나 불순 녹화물)' 같은 게 막 들어 있구 그런 거 아니지? 이거 한번 찍어 봐라.

 그 말이 떨어지기 바쁘게 옆에 있던 심부름꾼이 들고 있던 긴 쇠꼬챙이로 배낭을 여기저기 쑤셔 본다. 그 사람이 딱히 무슨 일을 하는 사람인지는 모르겠으나 승무안전원의 꼭두각시임은 틀림없다. 옛 속담에 지주보다 마름이 더 무섭다는 말이 있듯이 정말 그 사람의 행동거지가 딱 그랬다. 또 승무안전원인가 하는 그 사람은 싸가지가 바가지인지 도덕이라는 것은 조금도 찾아볼 수 없는 인간이었다. 옷차림이 정갈하고, 있어 보이는 사람들한테는 '증명서'라는 말을 반복하고, 옷차림이 조금 더러워 보이고 없어 보이는 사람들한테는 마치 죄수 다루듯 한 말투로 증명서를 보자고 했다. 정말 눈이 시려 봐줄 수 없는 광경이다. 그나저나 나도 잘못하다 걸릴 수 있으니 빨리 생년월일과 아빠 엄마 이름, 주소를 외워야겠다. 출생증이 친구 것이어서 잘못 말했다가는 또 저런 쓰레기한테 연신 '잘못했습니다.'라는 말을 반복해야 할지도 모르니까 말이다. 드디어 우리 차례가 왔다.

승무안전원	증명서
순희이모	여기 제 증명서랑 조카 차표도 함께 있습니다.
승무안전원	조카? 너 몇 살이야?

나	네. 15살임다.
승무안전원	근데 왜 조카랑 성이 다르지?
순희이모	외조카라서 기리지요 머.
승무안전원	아버지 이름, 엄마 이름, 생년월일, 집주소 한번 불러봐라.

나는 좀 전에 외웠던 대로 토씨 하나 틀리지 않고 말했다. 그래도 가슴은 계속해서 콩닥콩닥 뛰고 있었다. 안전원은 우리 짐을 한번 훑어보더니 별다른 기미가 안 보이는지 다른 사람에게로 지나쳐 버렸다. 그제서야 나는 숨이 나왔다. 혜산에서 길주 사이의 짐 검열은 다른 구역들에 비해 특히 심한 편인데, 그 이유는 나라에서 단속하는 중국 물품들, 특히 남한 드라마나 영화가 들어 있는 CD 녹화물이나 사카린이 혜산역에서 많이 실리기 때문이다. 그러니 승무안전원 입장에서는 CD나 사카린을 가져가는 사람을 잡으면 큰 이득을 보게 된다. 단속물품을 실은 사람을 자기 선에서 눈감아주고 뒷돈을 챙기거나 그렇지 않다면 상부에 보고해 성과를 올리거나 어떤 선택을 하더라도 자신에게는 이득일 테니 말이다.

승무안전원들의 현 실태를 잘 모르는 사람들은 마치 그 사람들이 단속물품을 찾아 뒷돈을 챙기는 재미로 살아가는 줄 알겠지만 사실 그들의 숨은 재미는 따로 있고, 이렇게 벌어가는 돈은 그냥 쌈짓돈에 불과하다. 열차 칸에는 승무안전원 방이 따로 있는데 그 방안에는 온갖 불순물이 다 들어 있다. 승무안전원 칸은 아무도 단속하는 사람이 없기 때문에 마음 놓고 불순물들을 실을 수 있다. 대신 승무안전원이 원하는 것을 들어줘야 하는 조건으로 장사꾼들은 자신이 싣고 싶은 짐들을 넣는다. 승무안전원이 그렇게 벌어들이는 돈은 정말 심각한 수준에 달한다. 물론 그 사람이 그 자리에 오르기까지 얼마나 많은 돈을 들였을지, 또 지금의 자리를 유지하기 위해 간부들에게 가져다 바치는 돈 또한 어마어마 하겠지만 아무리 그러한들 자기 주머니에 들어가는 돈이 더 많을 것이다. 그렇게 지들은 불법으로 엄청난 이득을 챙기면서도 집에서 쓰겠다고 사카린 한 봉투를 사가는 사람을 잡아다 죄수 취급하고, 돈을 뜯어내는 꼬락서니를 보니 정말 기가 막혀 말이 나오지 않는다. 우리 엄마 말대로 정말 국가에서 허가받은 강도라는 말이 딱 어울리는 사람들이다.

평성 도착

그렇게 고대했던 평성역이다. 혜산에서 평성까지 보통 적어도 5일은 걸릴 것이라 예상했지만 우리는 생각보다 빨리 도착했다. 역에 도착하니 이모부가 마중 나와 있었다. 이모는 화물을 찾아야 하니 잠깐 의자에 앉아서 기다리란다. 나는 이모가 시키는 대로 대합실 의자에 앉아 오고가는 사람들을 지켜보고 있었다. 그때 한쪽에서 한 여자 아이가 엄청난 소리로 울음을 터뜨리면서 '도와주세요.'라고 소리쳤다. 하지만 아무도 그 아이의 말에는 관심이 없는 듯 보였다. 알고 보니 아이가 들고 있는 짐을 30대 정도 되어 보이는 남자가 막 빼앗아가고 있는 것 같았다. 나는 그 광경을 보는 순간 갑자기 온몸이 떨리기 시작했고 말도 나오지 않았다. 그 사람이 아이에게 무슨 짓을 했는지 아이는 쫓아가지도 못하고 바닥에 앉아 울음을 터뜨렸다.

많은 사람들이 내 고향인 량강도를 날강도라 부른다. 하지만 지금 평성역의 모습은 날강도에서 온 나조차 이해할 수 없는 그런 광경이다. 나는 너무 무서웠다. 몇 개 안 되는 옷가지만 챙겨 넣은 자그마한 책가방 하나를 들고 있다는 사실이 얼마나 다행인지 모르겠다. 나는 이제나저제나 이모가 오기만을 기다렸다. 이모가 돌아올 때까지 걸린 시간은 10~20분 정도였지만 내가 기다린 시간은 마치 2시간처럼 느껴졌다. 나는 이모부에게 인사를 하고 함께 가는 길에 이모에게 물었다.

나	이모 아까 어떤 남자가 있재, 애가 들구 있던 배낭을 막 뺏어 가는데 사람들이 말리지도 않고 그냥 모르는 척하더라.
순희이모	기래? 그런데 나서믄 안 돼. 큰일 나, 알가서?

나	응. 근데 어른들도 왜 모르는 척하니? 아버지들은 이길 수 있재?
순희이모	그런 일에 잘못 끼어들면 큰일 나는 거야 ~~~ 앞으로는 주위에도 얼씬하지 마라. 알아서? 괜히 너 잘못되면 나 언니한테 머라하니야 ~~~
나	응.

　아직도 몸이 떨린다. 산 사람 눈알도 파가는 세상이라더니 그 세상을 지금 내 눈으로 경험한 것이다. 오는 내내 꿈꿨던 평성에서의 여행 생활이 와르르 무너지는 느낌이 들었다. 이런 동네에서 혼자서 함부로 다니다가 무슨 일이 벌어질지 아무도 모를 것 같았다. 괜히 왔다는 생각마저 들었다. 이럴 줄 알았다면 애초에 오지도 않았을 텐데. 그렇다고 다시 돌아가겠다고 할 수도 없고 걱정이 태산이다.
　이모네 집에 도착하니 이모네 시집 식구들이 나를 따뜻하게 맞이해 주었다. 생각보다 많이 친절하고 다정하신 할아버지와 할머니 덕분에 나는 아까 있었던 무서운 일을 깔끔하게 잊을 수 있었다. 할아버지는 내 사투리가 그렇게 신기하신지 계속 말을 시킨다. 또 내가 입만 열었다 하면 온 집안이 웃음바다가 된다. 웃어주는 것이 그렇게 나쁘지는 않지만 왠지 원숭이가 된 것 같아 마음이 조금 찜찜하다. 할머니는 손님이 왔다고 차린 저녁상을 가지고 들어오셨다. 하지만 지역이 달라서 그런지 밥상 위에 올려진 저녁들이 별로 마음에 들지 않았다. 특히나 그것 없으면 식사를 안 하신다는 할아버지 덕분에 나는 저녁 식사를 망칠 것 같다.
　겨울 김치에는 고춧가루가 하나도 안 보이는 데다가, 푹 썩은 메주를 떡갈비만한 크기로 만들어 연탄불에 구운 콩장, 홍어 삭히는 냄새만큼이나 역한 냄새 때문에 정신이 다 혼미해질 정도다. 워낙 냄새에 민감한 나는 그 냄새 때문에 밥은 고사하고 토가 나오기 일보 직전이다. 하지만 그렇다고 처음 보는 사람들 앞에서 표현할 수도 없고, 저녁밥을 안 먹는다고 할 수도 없어 겨우겨우 참아가며 밥을 먹었다. 기차를 오래 타서 그런지 잠자리에 누워서도 계속 덜컹덜컹 소리가 난다.

평성 장마당 구경 가는 날

　이모와 함께 평성 시장에 갈 생각을 하니 새벽 댓바람부터 눈이 떠진다. 나는 잔뜩 들뜬 마음으로 이모와 함께 시장에 갈 준비를 했다. 구두도 반짝반짝 광이 나게 닦아 놓고 바지에 묻은 먼지도 닦아 냈다. 나는 내가 가장 아끼는 검은색 나팔바지와 핑크색 오리털 몸매 패딩을 입고 이모와 함께 출발했다. 당시 우리 동네에서는 나팔바지에 몸매가 잡힌 오리털 패딩이 유행했기 때문이다. 평성은 평양과 가까워서 그 동네에 사는 많은 사람들이 자신들이 평양 사람인 것처럼 행세를 하기도 한다. 해서 우리 혜산 사람들을 지방에서 온 촌놈이라고 흉보기도 한다. 나는 기죽지 않으려고 어깨에 힘을 주고 최대한 당당하게 걸었다.
　지나가는 사람들이 나를 힐끗힐끗 쳐다봐 주니 기분이 좋다. 이모는 궤도전차 정류장에 도착해 십 원짜리 두 장을 꺼내 들었다. 사실 우리 동네에서는 십 원으로 살 것이 아무것도 없다. 그래서 십 원짜리를 구경하기가 쉽지 않은 일이라 나는 신기한 표정으로 물었다.

나	이모 그거가지구 머해?
순희이모	차 타야지.
나	에! 세상에 십 원가지구 어떻게 차를 타니. 거짓말 하지마.
순희이모	어머 얘보래. 십 원이야 야.
나	정말이? 무슨 국정 가격도 아니구. 왜 이렇게 눅니*?
순희이모	이거이 국정 가격이야. 나라에서 운영하는 거잖니.
나	진짜? 야 평성이 좋긴 하네. 말로만 듣던 국정 가격을 몸소 체험해 보다니...

* 눅다: 저렴하다, 혹은 싸다는 뜻의 북한말

정말이다. 1990년대에 태어난 우리 세대는 사실상 국정 가격이라는 말이 전설 같이 들린다. 그런데 전차를 국정 가격에 탈 수 있다니 놀라지 않을 수 없다. 우리 동네에서 버스를 타려면 어른은 200원, 아이는 100원인데 10분의 1 가격에 탈 수 있다니 너무 좋다. 나는 전차 요금이 싼 것이 너무 마음에 들었다.

하지만 문제는 옷차림이었다. 날씨가 추운 우리 동네에서 입던 오리털 패딩이 여기 날씨에는 맞지 않아 너무 더웠다. 가만히 있어도 땀이 줄줄 흘러 벗을 수밖에 없었다. 예쁘게 입고 멋 부리고 싶었던 내 계획이 다 파탄이 나 버렸다. 멋이고 뭐고 다 귀찮아졌다. 덥지만 않으면 그것만으로도 감사할 것 같다.

전차를 타고 20분 거리에 평성 시장이 있었다. 시장 앞에서 나는 한참 동안 입을 다물지 못했다. 혜산 시장도 크다고 생각했는데 평성 시장은 거의 10배는 더 될 것 같았다. 얼마나 큰지 이모 말대로 하루에 다 구경하기는 무리일 것 같다. 평양처럼 놀이공원이 따로 있는 것도 아니고 있는 동안 시장 구경이나 실컷 하다가 가야겠다. 나는 이모의 뒷모습을 놓칠세라 종종걸음으로 따라나섰다. 나는 먼저 시장의 구조를 파악한 다음 우리 동네 시장에 없는 물건들을 찾아봤다. 그리고 또 가격들에 대해서도 알아봤다. 보통 같은 중국 물품이라도 혜산 쪽으로 나오는 물품들은 우리 동네보다 더 비싸고, 또 신의주 쪽에서 나오는 물품들은 우리 동네보다 조금 저렴했다. 특히 평양 장난감 공장에서 나오는 물건들은 거의 두 배가 차이가 날 정도로 평성이 저렴했다.

우리 동네는 중국과의 밀거래가 발전해 있어 중국 물품의 개수가 많은데 비해 수공업이 발달한 평성 시장에는 가내 제품들이 많았다. 신발부터 시작해서 중국 물품들을 모방해 만든 짝퉁 제품들이 많았는데 대부분 우리 동네보다 많이 저렴했다. 하지만 왠지 그런 상품들을 사가서는 팔릴 것 같지 않다. 우리 동네에서는 많은 사람들이 하나를 입어도 진품을 입고 싶어 하지 짝퉁을 입으려 하지 않기 때문에 파는데 문제가 많아 보였다. 어쨌거나 앞으로 남은 날들 동안 시장을 돌아보면서 어떤 물건을 사갈지 고민 좀 해 봐야겠다.

만수대TV

어제는 집 청소 외에 딱히 한 일도 없는데 하루가 훌쩍 지나갔다. 지방 도시와 달리 주변 도시인 평성이 우리 동네보다 좋은 점이 두 가지가 있다. 첫째는 국정 가격으로 전철을 탈 수 있다는 것이고 둘째는 전기가 자주 들어온다는 것이다. 하지만 오늘은 왠지 한 가지 더 좋은 점이 더 생길 것 같다. 말로만 듣던 만수대TV를 볼 수 있게 되다니!

할아버지   야 TV한번 켜보라.

나   할아버지 주말에는 만수대통로 볼 수 있다던데 진짭니까?

할아버지   기거이 할 시간이 되긴 했는데... 네가 한번 켜 보라.

나   근데 이거 막 봐도 됩니까?

할아버지   원래는 못 보게 돼어서, 기래도 다들 몰래 보는 거야. 나가서 말하면 안 되는 거 알디?

나   참나 할아버지두. 내 머저리 아인가 합니까? 크크크

할아버지   긴데 머저리가 머이가?

나   음 ~~~ 그게 있재미까. 평성말로 하면은 미물?

할아버지	아 기리니?
나	예. 근데 나는 미물이라는 말보다 머저리라는 말이 더 좋습니다.

참으로 기대된다. 왠지 중국TV보다 재미있을 것 같다는 생각이 든다. 9시 정도 되었을 때 오늘의 TV프로그램 진행 순서가 나왔다. 그것들을 보는 순간 정말 놀랐다. 목록에 나와 있는 제목들은 전부 나라에서 보지 못하게 하는 내용들인 것이다. 말도 안 돼…

보지 말라고 해 놓고서는 만수대TV로 이렇게 공영 방송을 하는 이유는 무엇일까?

나	할아버지 저기 나오는 <우둔한 고양이와 꾀 많은 생쥐>는 나라에서 보지 말라구해서리 우리 동네에서는 다 꼼체(숨겨)두고 보는데…
할아버지	저거이 외국놈들만 보는 TV라서 기래.
나	그럼 평양 사람들도 만수대통로는 못 봅니까?
할아버지	옛날엔 우리도 다 보게 해서서. 긴데 와 그런지 이제 보지 못하게 하잖니.

나는 왜 그 채널에서 <톰과 제리>가 방영되는지 그때야 알 수 있었다. 만수대TV는 평양 사람들은 다 볼 수 있는 줄 알았는데 알고 보니 외국인 전용이었다. 평성에 오기 얼마 전에 평양에서 내려온 친구를 만난 적이 있었다. 그 친구는 정부가 보지 말라고 한 드라마나 영화들에 대해서 모르는 것이 없었다. 오히려 한국 드라마나 영화를 제외한 중국영화나 외국영화, 우리나라에서 제작했지만 국민들에게는 보여주지 않는 영화들의 정보에 대해서는 나보다 한발 앞서 있었다. 우리 동네는 중국을 바로 앞에 두고 있어 모든 정보가 다른 지방들에 비해 빠른 편이었는데 우리보다 더 빠른 사람들이 있다는 것이 신기했다. 어떻게 그리 잘 알고 있느냐는 질문에 그 친구는 모두 만수대TV에서 봤단다. 그것도 공짜로…

우리 동네는 중국을 통해 여러 가지 다양한 드라마나 영화들이 빠르게 나오지만 돈 없이는 보기가 힘들다. 물론 유행하는 CD를 하나 가지고 있으면 다른 친구들의 것과 바꾸어 보는 방법도 있다. 하지만 그것도 자기 것이 있어야 가능하기 때문에 사실상 공짜는 아니다. 어쨌거나 우리는 대여비를 지불하고 본 드라마나 영화들을 평양 사람들은 만수대 채널을 통해 다 무료로 볼 수 있다니 너무 부러웠다. 또 거기는 전기도 자주 들어오는 편이라 주말이면 만수대TV를 보는 재미가 있단다. 그렇게 말로만 듣던 만수대TV를 나는 평성에 온 덕분에 지금 이렇게 시청할 수 있게 됐다. 집에 가면 친구들에게 자랑할 거리가 하나 더 생겼다는 것도 좋고, 〈톰과 제리〉도 볼 수 있어서 너무 좋다.

사실 전기는 자주 오는데 볼만한 CD가 없어서 불만이었는데 다행이다. 앞으로는 만수대TV를 보면 되겠다.

엄마에게 전화하기

내일 출발한다고 엄마에게 알려야겠다. 어제 평성 시장 한복판에서 왕눈이 아지미를 만났던 이야기에 엄마가 놀랄 반응을 생각하니 벌써 웃음이 난다. 나는 아침을 먹고 얼른 우체국으로 향했다. 나는 신나게 엄마 전화번호를 눌렀다.

〈☎ 34 - ****   잘못된 번호이니 확인 후 다시 걸어 주시기 바랍니다〉

분명히 우리 집 번호가 맞는데 잘못된 번호라니…
계속해서 눌러봤지만 수화기에서 들리는 말소리는 매번 같았다. 나는 슬슬 짜증이 났고 안내 데스크에 찾아가 따지듯이 물었다.

나   안내원 동무, 전화 왜 안 됩니까?

안내원	통화하는 지역이 어디야요?
나	량강도요.
안내원	손님 혹시 량강도 지역번호 079 입력했나요?
나	아... 아니요...

나는 정말 멍청한가부다. 그 생각을 못하다니... 그랬다. 량강도 지역번호는 079, 또 량강도에서도 동별로 앞번호가 다 다른데 우리 동네 번호는 34다. 다음으로 고유번호 4자리, 같은 지역에서 전화할 때는 '34 - ****' 여섯 자리만 입력하면 되지만 량강도에서 자강도나 타지방으로 전화할 때는 지방번호 세 자리를 함께 입력해야 한다는 것을 깜빡했다. 지역번호를 누르지 않고 계속해서 전화가 안 된다고 짜증만 내고 있었던 내 모습을 생각하니 너무 창피하고 웃기다. 어쨌거나 안내원의 도움으로 무사히 엄마에게 전화를 걸 수 있게 됐다.

<☎ 079 - 34 - ****   삐 - 삐 - 삐>

엄마	여보시오?
나	엄마 내다. 잘 있니?
엄마	응. 니 왜 이제 전화하니? 자주 좀 전화하지...
나	전화비두 비싼데 전화해서 머하개 해서 아이 했다. 엄마 근데 그거 아니? 어제 엄청 신기한 일이 있었다.
엄마	먼데?
나	어제 평성장마당에서 왕눈이 아지미를 만났다.
엄마	엄마 ~~~ 정말이야? 그 새쓰개*는 왜 거기까지 갔다니?

* 새쓰개: 미친년이라는 말과 쓰임이 조금 유사하기는 하지만 맥락에 따라 가끔은 좋게 쓰일 때도 있음.

나	돈벌이 될 게 있는가 해서 왔다재. 근데 별로 없다구 내일 집에 가 갰다드라. 그래서 나를 데리구 가라구 그랬다.
엄마	그래? 잘 됐구나.
나	근데 엄마. 혹시 장마당에서 평양 장난감 공장에서 나오는 바람개비 얼마하는지 좀 알아봐. 오늘 장마당 가 보니까 그게 영 눅드라.
엄마	됐다. 개소리말구 그냥 오나. 그거 누가파니?
나	우리 안 팔아두 장사꾼들한테 넘겨 주믄 되지. 그리구 아지미랑 같이 가니까 짐이 어느 정도 있어도 별로 상관이 없을 기야. 내 조끔 있다가 다시 전화할게. 그동안 알아봐나.
엄마	그래. 차표는 뗐니?
나	아지미 없어두 된다재. 자기만 믿구 따라오믄 된다드라.
엄마	그래? 맞다. 걔는 아마 차표 없어두 일등석에 타구 다닐기다. 아무튼 아지미 말 잘 듣고, 잘 오나.
나	응 엄마 ~~~~~ 끊는다.

　평성시장에서 200원을 하는 바람개비가 우리 동네에서는 500원이란다. 장사꾼들에게 350원이나 400원에 줘도 그들 입장에서는 100원에서 150원을 이득을 보니 마음 놓고 사가도 되겠다 싶어 20만 원 어치를 샀다. 게다가 많이 사는 이유로 개당 185원에 샀다. 시장가가 500원이니 300원에 팔아도 얼마든지 팔 수 있겠다는 생각에 마음이 흐뭇했다.

'평양-혜산'행 열차에서 만난 사람들

　왕눈이 아지미와 함께 '평양 - 혜산'행 열차를 탔다. 아지미가 어떤 사람인지 너무나 잘 알기 때문에 그녀를 믿기는 하지만 그래도 차표 없이 탄다니 조금은 불안하다. 가지고 있을 건 가지고 있어야 머저리 같은 승무안전원들에게 싫은 소리를 듣지 않을 테니 말이다. 나는 조금은 걱정되는 어조로 아지미에게 물었다.

나	아지미, 근데 우리 차표 없어도 일없니?
아지미	야 니 아지미 모르니? 누가 머이라 하믄 아지미 이름 대라.
나	그래두 공연히 시비걸까 봐 무섭다.
아지미	일없다. 보기하구 다르게 겁은 왜 이렇게 많다니…
나	헤헤 그냥 안전원들이랑 마주하기 싫어서…
아지미	응 걱정 말아라. 아지미 벌써 니자리 다 말카*났다.
나	진짜? 고맙다. 이 원쑤를 어떻게 갚지? 크크크
아지미	엄마한테 가서 아지미 한턱내라 하드라구 해라?
나	응. 걱정하지마 헤헤헤

　아지미가 마련해 준 자리에 갔더니 그 자리에는 돌격대**대원들로 보이는 사람 5명이 이미 앉아 있었다. 두 사람은 30대 초반으로 보였고, 한 사람은 10대 후반, 남은 사람들은 40대 초중반으로 보였다. 그중 나이가 제일 많아 보이는 아저씨가 내 자리를 창문 쪽에 내주었다. 시간이 지나 우리는 서로 통성명을 했다. 알고 보니 10대 후반으로 보였던 사람은 평양에 있는 간부 집 자녀인데 입당을 위해 돌격대로 내보내진 모양이다. 하지만 간부 집 자녀로 곱게 자란 그가 돌격대 생활에 쉽게 적응할 리 없었고 급기야 탈영을 한 것이다. 30대 후반으로 보이는 사람은 집

---

* 말쿠다: 알아봐 두다, 혹은 이미 마련해 뒀다는 뜻
** 돌격대: 북한의 돌격대는 주로 철길, 도로, 발전소, 아파트 등 각종 대형건설을 담당하면서 체제유지에 한 축을 담당하고 있다. 그러나 이들은 강도 높은 노동에 시달리고, 매우 열악한 처우에 놓여있는 등 북한식 강제노동의 상징으로 일컬어진다.

에 다녀오는 길이고, 40대인 두 사람은 탈영병인 그를 잡아 함께 가는 중이다. 하지만 그 사람들은 탈영병 앞에서는 아무것도 모르는 척 시치미를 뗐다. 나는 속으로 생각했다. 그래 간부 집 자식들이란 다 저렇지, 역시 실망시키지 않는다니까.

그때 화장실에 갔던 그 간부 집 자식이 돌아와 내 옆에 앉았다. 그리고는 귀찮을 정도로 계속해서 말을 시킨다. 나이는 몇 살이며, 어디 사느냐, 어디로 가는 길이냐고 쉴 틈도 없이 계속 묻는다. 처음 만난 사람을 대 놓고 무시하는 것은 또 예의가 아닌 것 같아 처음에는 사실대로 이야기를 해 줬다. 나이는 15살이고 량강도에 살며, 친척 집에 놀러 갔다가 집으로 가는 길이라고 말이다. 그랬더니 더 신이 나서 계속 묻더니 나중에는 내가 15살이 아니란다. 참 골치 아픈 신사다. 정말 그 사람에게 붙어 있는 얼굴이 아까울 정도로 생김새와 전혀 딴판이다.

진상 이름이 뭐이가?

나 은경, 아까부터 말하는데 몇 번 물어봅니까?

진상 아 맞다. 니가 너무 고우니까 내가 자꾸 까먹잖니.

나 예예 고맙습니다. 그니까 제발 좀 조용하시오.

진상 너 15살 아니지? 딱 바도 18살은 됐겠구만...

나 아 진짜, 아까 출생증 봤재미까?

진상 긴데 너 평양 가반?

나 사람을 완전 뭘로 보고, 아니 평양두 못가봤겠습니까?

진상 기래? 거기 살기 좋지? 나랑 평양에서 살지 않을래?

나 예. 삼추이(삼촌) 하구는 싫습니다. 내 혼자 살문 모를까...

진상 야 나만큼 잘 생긴 남자 찾아보라. 너 지금 안 잡은 후회해야 ~~

나 예예, 아차리(차라리) 후회하구 말겠습니다.

진상 기러지 말구 한번 잘 생각해 보라. 우리 집 돈도 많구 잘살아 ~~~~

그 사람은 정말 쉴 틈이 없이 괴롭힌다. 차라리 입을 열지 않으면 딱 멋있을 텐데 그 입은 괜히 열어서 있던 정도 떨어질 것 같다. 너무 싫고 징그럽다. 돈은 많은지 차가 역에 설 때마다 간식을 사 준다. 그냥 안 먹고 편안히 좀 가고 싶건만, 이런 사람과 마지막 종착역까지 가야 한다니 너무 끔찍하다. 게다가 며칠이나 걸릴지도 모르는 이 긴 시간을…

영예군인

진상에게 이틀 동안 괴롭힘을 당하다 이제 지쳤다. 더 이상 대꾸할 힘도 없다. 그냥 자는 척하는 편이 나을 것 같아 어제부터는 아예 눈을 감아버렸다. 오락회*를 시작했는지 열차 칸이 떠나갈 것 같은 시끄러운 분위기에 눈을 떴다. 조금만 있으면 내가 노래할 차례다. 나는 슬그머니 빠져나와 열차 출입문에 기대어 창밖을 바라봤다. 겨울임에도 눈 한 점 없고, 나무 한 그루 없는 산들이, 그리고 이따금 농사꾼이 지폈는지 쌓아둔 짚 더미에서 시꺼먼 연기만 뿜어져 나올 뿐이다. 다만 기찻길 주위에 가끔 서 있는 분비나무 몇 대가 푸른빛을 깜빡깜빡 내비칠 뿐이다. 갑자기 마음이 쓸쓸하다. '난 왜 태어났을까?, 앞으로 크면 어떤 사람이 될까?'라는 생각이 문득 떠오른다. 워낙 감수성이 풍부했던 터라 그 상황에 딱 어울릴 노래가 생각났다.

♪ 열차는 나를 싣고, 저 멀리 떠나는데 고향아 너 어디 있느냐
　마음은 내 고향에 고향에 가고파도 아득한 저 멀리로 떠나네
　누구도 이 길을 탓하지 않았네, 누구도 이 길을 후회하지 않았네
　정다운 거리여 낯익은 모습들을 기억하리라.

* 오락회: 한국의 장기자랑과 비슷한 의미

그러곤 또 속으로 생각했다. 누가 지었는지 참 잘 지었다고… 그 때 기차는 김책역에 도착했다. 자리로 돌아오니 오락회는 이미 막을 내렸고 차 안은 내리는 사람들과 타는 사람들로 붐볐다. 기차가 김책역을 출발한 지 10분 정도 지났을 때 또다시 증명서 검열이 시작됐다. 나는 전 검열관에게 말했던 것과 마찬가지로 경수검열관의 조카라고 말했다. 하지만 그는 그런 사람 모르니까 30분 후에 자기 사무실로 오라고 했다. 나는 알았다고 말하고 얼른 아지미에게 달려갔다.

나	아지미 큰일 났다.
아지미	무슨 일인데?
나	이번 김책에서 바뀐 검열관이 경수검열관 모르니까 30분 후에 자기 사무실로 오라재.
아지미	그래? 됐다. 가지말구 아지미 앉으라는 자리 가서 옮겨 앉아라.

아마 열차 칸마다 담당 검열관이 따로 있나 보다. 옮겨간 이후로는 아무도 말을 걸지 않았다. 다행히 옆 좌석에 아줌마들이 앉아 있어 아까 같은 진상 또한 없어 보인다. 이제 한 숨 좀 쉴까 생각하고 있을 때 열차 안이 또 시끄러워졌다. 영예군인* 두 명이 올라탔다. 그 사람들은 마치 열차 칸 사람들이 자신의 짐꾼이라도 되는 것처럼 부려 먹었다.

영예군인1	야! 너 여기 와서 짐 좀 올리라.
손님	예. 여기다 놓으면 되겠습니까?
영예군인2	야 이새끼야. 그거 거기다 놓으면 어카니. 좀 더 올리라.
손님	예 잘못했습니다. 여기 놓으면 됩니까?

* 영예군인: 군사복무 중 팔을 잃거나 다리가 잘리는 등 장애를 입은 사람들

나는 영예군인이 정말 싫다. 그 사람들은 정말 상식이 통하지 않는 사람들이다. 무엇이든 자기 마음대로 되지 않으면 남녀노소를 가리지 않고 마구 팬다. 더 기가 막힌 것은 안전원들도 그들에게 함부로 뭐라고 할 수 없다는 것. 그래서 그들에게 피해를 당한 사람들은 그 어디에도 항소할 수 없다는 것이다. 정말 기가 막히고 코가 막힌다. 온갖 지랄들을 다 하면서 그들이 마지막에 가서 하는 말들은 '나라를 위해서 한 몸 바쳤다.'는 것이다. 아니 나라를 위해 몸 바친 보상을 왜 나라에 해달라 하지 못하고 힘없는 백성들에게 하는지 도대체 모르겠다. 게다가 우리가 언제 나라를 지켜달라고 했나? 차라리 지키지 않았으면 좋겠다. 외국이라도 좀 자유자재로 다니면서 돈이라도 마음대로 벌어오게.

어쨌거나 영예군인은 보기만 해도 싫고 몸이 떨린다. 저런 것들하고 함께 가야 한다니 차라리 진상과 함께 가는 편이 훨씬 나을 것 같다. 설날을 기차에서 보내는 것도 서러운데 저것들과 함께 보내다니.

바람개비 팔기

이번 명절은 17일까지 휴일인 덕분에 잘 놀았다. 명절을 맞아 아이들이 용돈들도 받았을 테니 이제 바람개비 팔러 가야겠다. 나는 곧장 잡화 매장으로 가 바람개비 가격을 물었다.

나	이 바람개비 얼마요?
장사꾼	500원이요.
나	혹시 넘게 가짐 매*?
장사꾼	얼마나 있게?

* 넘게 가짐매: 넘겨 받아서 팔겠냐는 양강도 사투리. 주로 소매업이 아닌 도매업에서 많이 쓰인다.

나	한 500개 정도 있소.
장사꾼	얼마에 생각하구 있는데?
나	400원?
장사꾼	에이 너무 비싸다.
나	아이, 아지미네 500원에 파는데 400원이믄 괜찮지 무슨…
장사꾼	말이 500원이지, 부르는 값에 팔리는 물건이 어디 있소? 500원 불렀다가 비싸다믄 또 깎아줘야 되재? 400원에 가제서는 벨로 남는 것두 없다. 300원에 주믄 내 다 가질게.
나	내 평성에서 300원에 싸왔는데 300원에 팔믄 나는 무슨 밑지는 장사하게? 차라리 집에서 파는기 났겠다.
장사꾼	잠깐만. 여기 앉아서두 잘 안 나가는데 집에서 어떻게 판다구. 차라리 내 가격 좀만 더 올려줄게 내한테 다 파오.
나	300원에는 절대로 안 됨매. 나도 버는 기 있어야 팔지.
장사꾼	그럼 350원에 하기오.
나	370원에 하기오.
장사꾼	아니 그럼 공평하게 360원에 어떻소?
나	대신 외상은 안 되고, 맞돈 주겠지비?
장사꾼	그래. 나는 외상 같은 거 아이 함매.

 원래는 185원에 사왔지만 그렇다고 장사꾼들에게 사실대로 말해서는 안 된다. 그러면 더 싸게 사려고 하기 때문에 물건을 팔 때는 무조건 비싸게 샀다고 하는 것이 상책이다. 물건을 살 때도 마찬가지다. 나는 절대 장사꾼들에게 그들이 부르는 대로 지불하지 않는다. 덕분에 우리 집 장사거래는 전부 내 몫이 됐지만 그래도 엄마가 하는 것 보다는 내가 하는 편이 났다. 어쨌거나 오늘 바람개비를 사온 덕

분에 175,000원을 벌었다. 생애 첫 장사가 이렇게 성공적이라니…
　난 장사에 소질이 있나 보다.

엄마	돈 이리 내!
나	준다. 내 가질까 봐 그러니?
엄마	응 난 니 무섭다. 크크크
나	엄마 내 덕분에 돈도 벌었는데 생각되는 기 없니?
엄마	없는데…
나	야 진짜 양심이 없네 ~~~ 옷이라두 하나 사줘야 하지 않니?
엄마	옷이 가뜩한데 무슨…
나	바지 없다. 요새 일자바지* 추세던데 하나 좀 사주믄 안되니?
엄마	그래라.

정월대보름

　원래는 어젯밤에 국수를 먹어야 명이 길어진다는데 깜빡하고 지나쳐 버렸다. 대신에 우리는 오늘 명길이 국수**를 먹어야겠다.

나	엄마 우리 어제 국수 안 먹었지?
엄마	오늘 먹어도 된다.

---

* 일자바지: 나팔바지보다는 가랑이 폭이 조금 좁은 바지
** 명길이 국수: 정월대보름에 국수를 먹으면 긴 국수가락처럼 오래 산다고 하여 '명길이 국수'
　　　　　　라고 부른다.

나	원래는 어제 명길이 국수두 먹구 달도 보면서 소원 빌어야 하는 기라재.
엄마	오늘 빌어두 된다니까.

뭐 어제 빌었다고 소원이 이루어지고, 오늘 빌었다고 소원이 안 이루어지는 것도 아니지만 그래도 왠지 손해 본 느낌이다. 나는 얼른 국수를 챙겨 먹고 진옥이를 만나러 사거리로 나갔다. 언제 도착했는지 진옥이가 기다리고 있었다.

나	진옥아 ~~~
진옥	응! 우리 빨리 가서 좋은 자리 차지하자.
나	근데 쟤네 올해두 축포를 쏜다니?
진옥	쏘겠지머. 음력설 때 굉장했다.
나	그래? 나는 기차에서 설 보냈는데…

중국은 음력설이나 정월대보름을 일 년 중 가장 크게 보낸다. 음력설이나 정월대보름이 되면 엄청난 폭죽을 터뜨리는데 정말 장관이다. 거의 5시간 동안 잠시도 쉬지 않고 터뜨린다. 사람들이 말하기를 폭죽은 곧 그 나라의 경제력을 뜻한다고 하던데 이런 시골에서도 폭죽을 터뜨리는 것으로 봐선 아마 대단한 것 같다. 아니면 우리나라보다 자기네들이 잘 산다는 것을 보여주려고 일부러 많이 터뜨리는지도 모르겠다. 어쨌거나 덕분에 우리는 해마다 음력설과 정월대보름에 거대한 폭죽 구경을 할 수 있어 좋다.

옛날에는 일상적으로 떠올리는 꽃 모양 폭죽이 전부였는데 해마다 새로운 모양이 추가되어 요즘은 꽤 볼만하다. 2월 16일(김정일 생일)이나 4월 15일(김일성 생일)이면 대동강에서도 거대한 불꽃놀이가 열리긴 하지만 TV를 통해서만 볼 수 있기 때문에 우리들 입장에서는 중국의 불꽃놀이가 더 기다려진다. 올해에는 마치 폭포가 쏟아지는 것 같은 모양도 나왔다. 너비가 10m, 두께가 1m 정도 되는 불꽃

아래로 연기가 폭포처럼 쏟아져 내렸다. 그 불꽃은 거의 5분가량 사라지지 않고 폭포의 모습으로 타고 있었다. 사람들은 구경하던 사람들은 마치 약속이라도 한 듯이 '와 ~~~' 하고 함성을 질렀다.

불꽃놀이의 주체는 중국이지만 불타고 남은 재들이 압록강에 떨어지도록 하기 위해 압록강을 향해 폭죽을 터뜨리다 보니 사실상 우리 쪽에서 더 아름답게 보인다. 마치 우리를 위해 터뜨려 주는 것처럼 말이다. 그 추운 날씨도 마다하고 불꽃놀이를 구경하려고 사람들이 구름 떼같이 모여든다.

나	진옥아 어제 소원 빌어?
진옥	응. 니는?
나	나는 못 빌었다. 오늘 빌려구…
진옥	내 웃긴 얘기 해줄게.
	하루는 어떤 오빠하구 여동생이 있었다는 기야. 근데 하늘에서 갑자기 별찌(별똥)가 떨어지드라재. 그니까 오빠라는 기 동생보구 '야 별찌 떨어질 때 소원빌믄 소원이 이루어진다'구 하니까 동생이 '그럼 돈 달라구 해도 주니?' 하니까 '그럼 당연하지' 그러드라재. 그래서 동생이 매일 하늘만 쳐다보다가 어느 날 별찌 떨어제서 돈 달라구 했는데 돈 안 주드라재. 그래서 오빠한테 가서 '오빠 별찌 떨어제서 돈 달라 했는데 안 주드라.' 하니가 오빠가 '얼마 달랬는데?' 그래서 동생이 100만 원 달랬다니까 '니 그렇게 많이 달라니까 안 주지.' 그러드라재 크크크
나	진짜 말이 되네. 너무 마이 달랬다. 크크크크

진옥이와 나는 손을 꼭 잡은 채 달이 아니라 하늘에서 예쁘게 터지는 불꽃을 보며 각자의 소원을 빌었다. 물론 서로에게 비밀로 하였지만 말이다.

물 긷기

엄마	오늘부터 쓸 물이 하나도 없다.
나	수도 안 나오니?
엄마	수도 얼어붙은 지가 언젠데, 땅크(물탱크)에 물이 하나도 없다. 오늘 물 좀 길어라.
나	응 오늘 학교 갔다가 애들이랑 같이 길어 놓을게.

여름에도 발전소에 문제가 생기면 가끔 수도가 끊기곤 한다. 하지만 겨울에는 전기문제가 아니더라도 워낙 날씨가 추워 상수도와 하수도가 모두 얼어붙을 때가 많다. 원래는 지금보다 더 일찍 얼어붙는데 이번 겨울에는 날씨가 조금 따뜻했던 덕분에 여태 버틸 수 있었다. 또 다른 집들보다 부엌이 넓어 800L 물탱크를 가지고 있는 덕분이기도 하다. 보통 장마철이나 겨울에 수돗물이 잘 나오지 않아 물이 나오는 날이면 물을 담을 수 있는 통들은 전부 동원해 물을 받아 둔다.

수업이 끝나고 쉬는 시간에 혁철이를 만났다.

나	혁철아 니 오늘 오후에 집에 가서 할 일이 있니?
혁철	아니, 왜?
나	집에 물이 떨어져서, 애들 데리구 우리 집 물 좀 길어주개?
혁철	얼마나 길어야 하는데?
나	마이 길어 주믄 내야 좋지비.
혁철	내 한번 물어볼게.

남학생이 26명인 우리 학급은 크게 세 패로 나뉜다. 공부도 안 하고 수업시간에 맨날 지각하는 말썽꾸러기들의 패가 있고, 또 공부도 잘하고 선생님 말씀이나 엄

마 말이라면 무조건 듣는 아이들 패, 나머지 한 패는 이도저도 아닌, 그냥 그런 아이들이 함께 논다. 다리 부러진 노루가 한 곳에 모인다고 신통하게도 닮은 것들끼리 모여서 논다. 물론 우리 여자들도 패가 있기는 하지만 가끔은 다른 아이들과도 함께하는데 남자들은 절대로 그렇지 않다. 어떤 일이 있어도 자기 무리와 논다. 혁철이는 말썽꾸러기들 중에 속한 꼴통이다. 조직 생활에 불성실하고 공부를 좀 안 해서 그렇지 그렇다고 인성까지 꼴통인 것은 아니다. 그래서 나는 우리 학급의 세 부류의 남자들 중에 꼴통 집단을 가장 좋아한다. 공부 잘하는 아이들은 융통성이 없어 너무 속상할 때가 많고 그냥 그런 아이들은 이해타산이 너무 많아서 싫다. 하지만 꼴통 집단 아이들은 지나치다 싶을 정도로 친구들 간의 의리를 중요하게 생각한다. 그래서 더욱 그네들이 좋다.

수업이 끝나고 밖에 나오니 혁철이를 포함해 6명이 기다리고 있었다.

개파리   근데 물 길을 용기는 있니?

나   응 있다. 60짜리 물통...

개파리   으악 ~~~~ 우리 다 죽었네...

철혁이   그럼 우리 니네 집에 몇 시까지 가까?

나   지금 바로 가도 된다. 가서 우리 집에서 점심 먹구 좀 쉬었다가 물 긷자.

개파리   그래두 되니?

나   당연하지 ~~~ 가자.

선뜻 나서주는 친구들이 고맙기도 해서 나는 식당에서 농마(감자)국수를 사다가 아이들과 함께 먹었다. 역시 남자들이 달랐다. 여자들 같았으면 셋이서도 들 수 없는 그 큰 물통을 두 명이 가뿐히 들었다. 물통이 딱 세 개뿐이라 2명이 하나씩 들고나니 막상 내가 들 물통이 없다. 자기 집 물을 긷는데 주인이 아무것도 안 하니 조금 염치없는 것 같았다.

나	혁철아 내 좀 들까?
혁철	됐다. 남자들이 있는데 무슨 여자가 물통 드니. 싸나이 체면 구겨진다. 크크크

아이들이 한사코 말리는 바람에 나는 우리 집 물탱크를 다 채울 때까지 아이들의 체면을 구기는 일을 하지 않았다. 나 혼자였으면 꿈도 못 꿨을 것을 친구들이 있어 얼마나 다행인지 모르겠다. 물론 돈 주고 일꾼들을 사다가 긷는 방법도 있지만 친구들과 함께할 수 있다는 것이 즐겁고 또 고마운 일이다.

3월 이야기

나무 심기

나	엄마 벤또* 싸?
엄마	무슨 벤또?
나	아 ~ 정말이, 내 오늘에 나무 심으러 간다구 아이해?
엄마	근데 벤또는 왜 필요하니?
나	오전, 오후 한다재.
엄마	어떡하니, 엄마 못들었는매다.
나	빨리 아무거나 대충 싸라.

사실 어제 말했다고 도시락에 들어갈 반찬이 달라질 우리 엄마가 아니다. 물론 도시락에 좋은 반찬이 없다고 투정부릴 나도 아니지만 그럼에도 내 도시락에 관심이 없는 엄마가 가끔은 얄미울 때가 많다.

* 벤또: 도시락

나	엄마 반찬이는 머이 있니?
엄마	집에서 먹는 거 대충 쌌지머 ~~~
나	삶은 닭알이라도 좀 넣어라.
엄마	야 일하러 가는데 무슨 반찬타령이야.
나	혼자 먹는 것두 아이구 다른 애들이랑 같이 먹는데 창피하잖아. 다른 엄마들은 얼마나 잘 싸주는지 아니? 내 말 아이해서 그러지 내 반찬이 제일 없다.
엄마	다른 때는 아무렇게나 싸라구 그러던 기 오늘은 무슨 바람이 불어서 또 난리야?
나	아무렇게나 싸라 한다구 진짜 아무렇게나 싸믄 어쩌니. 대따 그냥 달라.

정말 못 말리는 우리 엄마다. 오늘 아빠도 공장에서 분명 나무 심기를 갔을 텐데. 엄마가 또 먹던 밥을 싸줄 줄 알고 아빠는 아예 말을 하지 않았나 보다. 해마다 나무 심기가 시작되면 일요일에 쉬지 못하는 것에 대해서는 조금 불만이지만 그래도 친구들과 함께 도시락을 먹는 재미가 있기는 하다. 우리는 학교에서부터 1시간 반 정도를 걸어 나무를 심을 장소에 도착했다. 우리 학급 몫으로 아카시아 묘목 3,000그루가 배정되었다. 선생님은 3명씩 그룹을 만들어 주었고 한 팀당 묘목 500개씩 나눠주었다. 이어 묘목장에서 나온 관리인이 우리들에게 나무 심는 방법에 대해 설명해 주었다.

관리인	자 나무와 나무 사이의 간격은 가로, 세로 각각 1.5m를 유지해야 합니다. 너무 빼곡히 심으면 영양분을 충분히 섭취할 수 없기 때문에 나중에 나무가 잘 자랄 수 없습니다. 또 혹시 죽을지도 모르니까 묘목은 하나씩 심지 말고 두 개씩 심어야 합니다. 너무 얇게 묻으면 나무가 죽어버리니까 깊이 30cm, 직경 20cm로 깊이 한 후에 먼저

땅에 물을 주고 뿌리가 깊숙이 잠길 수 있도록 묘목을 넣어 줍니다. 그 다음은 흙으로 먼저 덮어주고 그 위에 잔돌을 넣어 나무가 흔들리지 않도록 고정시켜 준 다음에 다시 흙을 덮어 마무리해주믄 됩니다. 잘 모르갠 사람은 내한테 물어 보시오.

학생들   예 ~~~

백두산 근처여서 3월이지만 아직 땅이 제대로 녹지 않아 얼어붙은 땅을 파자니 오히려 곡괭이가 튕겨 난다. 다행히 힘 좋은 남학생들이 있어 그나마 땅은 판다고 해도 문제는 물이다. 맨몸으로 올라와도 힘든 산을 물을 들고 올라와야 한다니 지옥이 따로 없다. 우리는 거의 5시가 다 되어서야 작업을 끝냈다. 나무 심는 정신에 잘 몰랐는데 다 심고 보니 우리가 심은 묘목이 산 하나를 거의 다 덮었다. 일을 끝내고 집으로 돌아오면서 선생님께 물었다.

나   근데 저 나무들이 살긴 합니까?

선생님   당연히 살지.

나   에이 ~~~ 100그루 중에 한 10그루만 살아두 다행이겠다.

선생님   생각보다 마이(많이) 살드라. 나중에 한 번 와봐라.

선생님은 거의 80~90%가 산다고 했지만 그 말을 믿는 아이들은 별로 없었다. 사실 묘목 관리인이 알려준 규정대로 심은 나무가 별로 없었기 때문이다. 규정대로 잘 심어도 모자랄 판에 거의 꽂아 넣듯 심은 나무가 잘 자랄 리가 없다. 조금 양심이 찔리지만 그렇다고 규정대로 나무를 심으려면 그 많은 묘목을 오늘 하루 안에 다 못 심었을 것이다. 어쨌거나 일을 끝내고 집으로 갈 수 있어 너무 다행이고 행복하다.

꼼수 부리기

　월요일과 화요일까지는 오후에만 나무심기에 동원됐는데 오늘부터는 수업도 하지 않고 나무심기에 떨쳐나섰다. 오늘은 작년에 심었던 뒷산으로 간단다. 뭐 우리 입장에서는 수업하는 것보다는 훨씬 낫지만 선생님들은 진도가 밀렸다고 난리다. 그러게 평소에 진도에 맞추어 수업을 잘 했으면 될 것을, 쩍하면 복습이나 시키고는 항상 학년말 때마다 남은 진도 채우기에 급급하다. 어쨌거나 그 일은 선생님들이 알아서 할 일이고, 우리 입장에서는 수업도 없는데다가 산에서 도시락도 먹게 되어 얼마나 좋은지 모르겠다. 호밋자루 하나에 물통, 게다가 도시락까지 들고 산을 오르려니 여간 힘든 일이 아니다.

교장선생님　여러분 ~~~ 여기서 잠깐 쉬었다 갑시다.

진옥　야 저기 봐. 저기 있는 나무들이 우리 작년에 심었던 기 아이?

담임선생님　맞다. 봐라 작년에 니네 심었던 나무들이 얼마나 잘 자랐는지.

나　와 ~~~ 다 죽을 줄 알았는데, 신기하네 ~~~

담임선생님　머이라구? 저기 반동*이 아이야? 죽었으면 했니?

나　아이 샘, 그랜 게 아이구 나무들이 다 살아서 좋아서 그래재미까.

진옥　그러게 진짜 다 살았네.

담임선생님　저렇게 잘 살아 있는 나무를 보니까 어떻니?

나　와 ~~ 진짜 오늘 더 열심히 심어야겠다는 생각이 막 듭니다.

담임선생님　그래 한번 열심히 심어봐라. 오늘 심었던 나무들이 몇 십 년 뒤에 니네 시집장가 가서 애들을 낳을 때 되면 아름드리나무로 변해 있을 게다.

* 반동: 다른 사람들과 뜻을 다르게 하는 사람을 의미

진옥	그때는 진짜 보람이 있겠습니다.

 좀 전까지만 해도 불만으로 가득 찼던 마음이 1년간 죽지 않고 잘 자란 나무를 보니 갑자기 더 열심히 심어야겠다는 열의로 불탔다. 선생님 말대로 지금은 산들이 온통 벌거숭이지만 오늘 우리가 심은 나무들이 몇 십 년 뒤에 아름드리나무가 되어 울창한 숲을 이루면 정말 보람 있을 것 같았다. 죽을 상을 짓던 아이들의 얼굴에 하나둘 미소가 번져갔다. 나는 갑자기 마음속에서 애국심이 막 불타올랐다. 정말 애국심이나 고향애는 그리 거창한 것도 먼 곳에 있는 것도 아니라는 생각이 들었다. 마을 뒷산에 작은 나무 한 그루 심는 일부터 시작된다는 것을 깨달았다. 아마 다른 친구들도 나와 같은 생각이었을 것이다.
 우리는 오늘도 묘목 300그루를 배정 받았다.

나	진옥아 우리 이번에는 제대로 심자.
진옥	그러자. 깊이도 제대로 파고, 물도 제대로 주자.

 진옥이와 혁철이, 그리고 나는 서로 힘을 합쳐 우리 팀에게 주어진 묘목을 정성껏 심기 시작했다. 묘목 관리원이 알려준 대로 깊이 30cm, 직경 20cm를 파고 뿌리를 깊이 묻어 준 다음 물을 주고, 작은 돌들도 넣어 뿌리가 흔들리지 않도록 정성을 담아 한 그루, 한 그루 심었다. 하지만 곧 한계에 다다랐다. 다른 아이들보다 훨씬 잘 심었을지는 몰라도 속도가 너무 느렸다. 그렇게 심었다가는 오늘 안에 끝날 것 같지도 않았다. 게다가 비도 주룩주룩 내리기 시작했다. 우리는 다른 방법을 찾아내야 했다.

나	야 이제 겨우 30그루 심었는데 남은 270그루를 언제 다 심니?
진옥	그러게, 어떻게 하지?
혁철	그냥 원래대로 심으까? 지금처럼 했다가는 내일까지 해도 다 못하

겠다.

나　　　　그러자.

　　결국 우리의 애국심은 작심삼일도 못가 작심 30분에 끝났다.
　　우리 셋은 각자 호미 하나씩 들고 뿌리가 들어갈 정도의 땅만 파고는 흙과 돌을 섞어 그냥 묻어 버렸다. 관리원이 가끔 검열을 다니기도 하지만 묘목을 당겨보고 뽑히지만 않으면 통과시키니 별로 어려울 것도 없었다. 조금은 양심에 찔리긴 했지만 그렇다고 정성들여 심었다가는 오늘 안에 100그루도 못 심을 것 같았다. 우리는 정말 열심히 심었지만 다른 아이들의 속도를 따라갈 수 없었다.

담임선생님　3시까지 끝낼 테니까 묘목이 남은 사람들은 빨리 심도록 ~~~ !

진옥　　　우린 아직 100그루나 남았는데...

나　　　　야 우리 40그루만 심고 나머지는 빨리 심은 애들한테 나눠주자.

진옥　　　그래두 될까?

나　　　　샘이 안 볼 때 가서 주고 오자.

　　혁철이는 남은 묘목을 계속 심었고, 진옥이와 나는 각자 묘목 30그루씩 들고 다니면서 선생님 몰래 아이들에게 나눠줬다.

나　　　　야 ~ 다 했지? 우리께 좀 마이 남아서 그러는데 10그루만 좀 심어줘 ~~~

개파리　　선생님 은경이 보시오. 지네 묘목을 막 우리한테 나눠줍니다.

나　　　　조용해라. 선생이 듣겠다.

　　친구들이 도와준 덕분에 우리 팀도 3시에 끝낼 수 있었다.

하지만 집으로 돌아오는 발걸음이 조금 무거웠다. 조금 쉽게 하겠다고 꼼수를 써가며 나무를 심었던 나 자신이 부끄러웠고, 또 그 나무들이 다 죽어버릴까 봐 두려웠다.

국제부녀절

오늘은 국제부녀절이다.

1년에 단 하루뿐인 여성을 위한 날이다. 아버지들은 여성의 날만 있는 것에 대해 불만이 많다. 아무리 꼴통인 아이들도 오늘만큼은 엄마 말을 잘 들어주기로 맹세한다. 나라에서 주는 배급과 월급으로 살던 세상이라면 아버지들도 가정 내에서 주도권이 있을지 모르지만 요즘같이 엄마들이 벌어서 먹고사는 세상에서는 사실 아버지들이 설 자리가 없다. 하지만 그렇다고 가사노동을 도와주자니 자존심이 상하고, 또 가만히 있자니 가장의 위치를 빼앗길 것 같아 대부분의 아버지들은 힘으로 엄마를 제압한다.

가장 노릇을 제대로 못하는 것이 어찌 아버지들의 책임이련만 그렇다고 완력을 쓰는 행동은 옳지 않다고 본다. 아무튼 배급이 끊기고 난 이후로 국정 가격이 없어지고 온통 야매가(암시장 가격)가 판을 치는 세상이 되면서 사회의 많은 부분들이 변했다. 심지어 가정 내의 질서마저 파괴해 이제 더 이상 남자들은 쓸모없는 존재가 되어 버렸다. 물론 배가 남산만큼 나온 그 사람들, 몇몇 벼슬아치들은 제외하고는 말이다. 엄마들은 아빠들을 가리켜 '누우면 시체요, 앉으면 반신상이요, 서면 동상이다'고 말한다. 아무 일도 안 한다는 표현이다. 또 어떤 이들은 요즘 남자들이 '10월 파리'라고 하는데 그 이유는 쫓아도 쫓아도 안 나가기 때문이란다.

밥하랴, 빨래하랴, 설거지하랴, 돈 벌어오랴 모든 일이 다 엄마 몫이다. 엄마가 힘든 줄 알면서도 엄마에게 잘한다는 게 말처럼 쉽지는 않다. 하지만 적어도 오늘만큼은 맘먹고 잘해야겠다. 아침 일찍 일어나 아침 준비를 하고 엄마에게 양말 한 켤레를 선물하고 학교로 향했다. 오늘은 다행히도 토요일이라 수업이 4개뿐인데다 2과목은 남자 선생님인 덕분에 우리는 담임까지 총 3명의 여자선생님들을 위한 선물을 준비했다. 선물이라고 해봤자 카네이션과 볼펜, 그리고 빨간색으로 뚜껑을 한 중국책 한 권이 전부다. 하지만 그래도 선생님들은 그날을 기대하신다. 우리는 초대한 선생님들의 기대에 부응하려고 선생님이 들어오시기를 기다렸다가 준비한 카네이션을 달아드리고 모두 함께 '선생님 여성의 날을 축하합니다.'라고 했다. 선생님들은 그 작은 선물에도 너무 좋아 어쩔 줄 모른다. 그런 선생님들의 표정을 보니 우리가 더 행복해진다. 기분이 좋아서 그런지 선생님이 총화를 일찍 끝내주셨다. 얼른 교실정리를 마치고 집으로 가야겠다 싶을 때 학급반장이 말했다.

학급반장   여자들아 ~~~ 3.8절 축하한다. 선물은 없지만 선물 대신 우리 교실 청소 해놓고 갈 테니까 다 집에 가라.

분단위원장   야 오늘은 유부녀들 명절이거든? 우리 무슨 유부녀두 아이구 왜 3.8절 쇠니?

학급반장   유부녀믄 어떻구 처녀믄 어떻니? 오늘이 여자들의 명절이니까 니네도 같이 축하해 주는 기지. 생각해 줬더니... 으으으

나이 한 살을 더 먹더니 갑자기 철이 들었나부다.
원래 학교에서 청소는 남학생들이 마당청소나 복도청소를 담당하고 여학생들이 교실 청소를 담당한다. 그러다 보니 수업이 끝나면 남자들은 바로 집에 갈 수 있는데 여자들은 남아서 교실 청소를 한 후에야 집으로 갈 수 있다. 그런데 오늘 여성의 날이라고 교실 청소는 지들이 알아서 한단다. 덕분에 우리는 오늘 집에 일찍 갈 수 있겠다. 분단위원장이 뭐라 하거나 말거나 우리는 학급반장과 학급 남학생들에게 '고맙다'는 말을 남기고 교실문을 나섰다.

금별	야 오래살믄 돼지 앞전*하는 거 본다더니 오래 살구 봐야겠다. 살다보니 쟤네두 철이드는 날이 오는구나.
진옥	그러게다. 맨날 저러믄 얼마나 좋개. 크크크
나	맨날은 아니더라두 내년 38절에도 기억해줬음 좋겠다. 크크크

우리는 집으로 돌아오는 길에 모두 너무 좋아 웃고 떠들었다. 평소에는 늘 자기들만 챙기던 남학생들이 여성의 날이라고 우리를 챙겨주는 모습이 너무 귀여웠다.

혁명력사시험 보는 날

일주일간의 나무심기가 끝나고 오늘부터 시험 기간이다.

우리는 일 년에 두 번 시험을 본다. 8월에 학기말 시험을 보고, 3월에 학년말 시험을 보면 대체로 한 학년이 마무리된다. 물론 중간중간에 시험을 보는 선생님들도 있기는 하지만 대부분 보지 않는 편이다. 오늘은 혁명력사** 시험을 보는 날이다. 오늘부터 이틀에 한 번씩 시험을 보기 시작하면 3월 20일이나 25일 정도에 끝난다.

오늘은 혁명력사 시험 날이다. 시험 날짜와 시험 과목은 학년 별로 다르지만 같은 학년들끼리는 같은 날 같은 과목을 시험 본다. 또 시험 결과로 학급별 경쟁을 붙이기 때문에 시험감독으로는 각기 다른 반 선생님들이 들어온다. 오늘은 혁명력사 시험인데 공교롭게도 혁명력사 전공인 1반 선생님이 시험감독으로 들어왔다.

---

* 앞전: 앞구르기
** 혁명력사: 김일성, 김정일, 김정숙(김일성의 부인이자 김정일의 어머니), 김정은 등 북한 정권 주요 인물들의 가계 및 행적 등을 다루는 과목이다.

혁명력사 선생님 시험 보기 전에 3월 1일이 무슨 날인지 아는 사람? 내 니네 그럴 줄 알았다. 오늘이 김일성 대원수님의 할아버지 김보현 선생님께서 농민들과 함께 봉기를 일으켰던 3.1인민봉기 날이 아이야? 이런 력사의식도 없는 것들이 무슨 시험을 본다구 하는지 모르겠다. 깐닝구*하믄 어떻게 되는지 알지?

    김일성, 김정일, 김정숙 3대 장군에 대한 혁명력사를 공부할 때 가장 먼저 김일성동지의 혁명력사부터 시작한다. 수령님의 혁명력사를 공부하기 위해서는 먼저 수령님의 가정이 역사적으로 얼마나 위대한 가정이었는지부터 알아야 하기 때문에 김일성 장군의 할아버지인 김보현 선생부터 배우기 시작한다. 김보현 선생님의 주도하에 일어난 3.1인민봉기를 3대 장군의 혁명력사의 첫줄이 되는 것이다. 그 위대한 사건을 우리는 모른다. 아니 관심도 없다.

    시험은 서술형이긴 하지만 그렇다고 논술을 필요로 하는 것은 아니다. 수업 시간에 선생님이 칠판에 써준 내용을 그대로 베꼈다가 외워서 쓰면 된다. 하지만 그것도 하기 싫다. 우리는 이제나 저제나 컨닝 할 기회만 엿보고 있다. 나는 시험 볼 때면 컨닝을 위해 항상 맨 뒷자리에 앉는다. 워낙 덩치가 작아 잘 안 보이는데다가 맨 뒤에 앉으면 선생이 직접 와 보지 않고서는 내가 무슨 짓거리를 하는지 전혀 알지 못한다. 손바닥이나 쪽지에 적어 두는 아이들도 있긴 하지만 나는 그냥 책상 위에 책을 올려놓고 쓴다. 선생님이 모를 리 없지만 대부분의 선생님들은 봐주는 편이다. 하지만 운 좋게도 한 번도 걸리지 않았다. 아니면 선생님들이 모르는 척 해 준 건지도 모른다. 나는 오늘도 어김없이 컨닝을 시작했다.

혁명력사 선생님 야 날라리! 니 한 번만 더 보믄 쫓게 난다?

나 예? 내 암 것두 아이 했는데?

혁명력사 선생님 내 다 보구 말하는 긴데 니 썩어지게?

* 깐닝구: 컨닝

나   샘. 사람이 죽기 전에 절대로 먼저 아이 썩습니다. 크크크

　혁명력사 선생님은 나를 날라리라 불렀다. 이유는 정확하게 모르지만 덕분에 학교에 많은 선생님들이 따라 불렀다. 말은 그렇게 했지만 내 행동이 정당하지 못하다는 사실을 선생님보다 잘 알고 있던 터라 나는 선생님만 볼 수 있게 조용히 말했다.

나   샘 ~~~ 한 번만 ~~~

　나는 다른 아이들이 알아들을까 봐 입 모양으로만 말했다. 그리고 윙크로 한 번만 봐 달라는 신호를 보냈다. 평소에 나를 놀려먹기 좋아했던 선생님은 더 이상 말을 안 하셨고 나는 덕분에 시험지를 빼곡히 채워 제출할 수 있었다.

엄마 생일

　오늘은 엄마 생일이다. 엄마 생일 준비로 어제 밤새 떡을 빚었더니 너무 피곤하다. 오늘은 하루종일 손님을 맞다 보면 학교는 못 가겠다.

　우리 집 식구들 생일이면 항상 잔치다.
　무슨 손님들이 그렇게 많은지 아침부터 저녁까지 정말 허리 펼 시간이 없다. 보통 아침부터 점심 사이에는 그렇게 친하지 않은 사람들 그야말로 손님들이 온다. 그 사람들은 거의 음식만 먹고 간다. 하지만 오후 2시나 3시부터 오는 사람들은 VIP다. 한 동네에서 가깝게 지내는 우리 엄마 포함 아줌마 6명이다. 그 중 아빠보다 엄마가 더 센 집은 우리 집을 포함해 네 집. 남은 두 집은 가부장적 잔재가 남아 있는 집이다. 하지만 점점 그 두 엄마들도 우리 엄마들의 영향을 받아 점차 변해 가고 있는 중이다. 오전 손님들이 다 왔다가고 드디어 VIP가 등장했다.

별이엄마	상다리 여벌은 준비됐겠지?
혁이엄마	내 이 집에 오기를 기다리면서 3일을 굶었다. 크크크
송희엄마	술이 왜 안 보이니? 은경아 술 내 와라 ~~~

말이 VIP지 거의 주당들의 모임이다. 아줌마들이 얼마나 술을 잘 마시는 지 40도짜리 술을 한 사람이 거의 두 병씩은 마시는 것 같다. 향미 엄마와 충성이 엄마는 남편이 무서워서 입만 대는 척 하더니 요새는 무슨 물 마시듯 잘만 마신다. 엄마들이 한창 술판을 벌이고 있을 때 퇴근한 아빠들이 한두 명씩 돌아왔다. 워낙 잘 놀지도 못하는 아빠들은 그냥 엄마들의 분위기에 끌려 다닌다. 우리 아빠가 제일 마지막으로 들어왔다. 아빠는 엄마에게 무엇인가 내밀면서 말했다.

아빠	생일 축하한다.
엄마	이게 먼데?
아빠	생일 선물이다.
엄마	어쩐 일로 생일 선물 다 사왔대? 돈은 어디서 나서?
아빠	빌렸다.
엄마	아니 누가 돈까지 빌려가면서 이딴 거 사오라구해?

나는 분위기를 망칠세라 재빨리 끼어들었다.

나	엄마 언제는 무슨 안 사준다구 야단치더니. 아이 주믄 안 준다구 머라그러구, 또 주믄 준다구 머라 그러구. 사람이 왜 그러니?
송희엄마	그래 맞다. 우리 애비는 야 빌레서두 안 준다. 그래두 마음이 어디야 빨리 받아라.

자기가 생각해도 웃겼는지 그제서야 엄마는 자기가 그랬냐면서 웃었다. 아빠들도 하나둘씩 취해가고 끝날 줄 모르는 술판이 계속 이어졌다. 밤 11시가 넘어서 피곤해진 아빠들이 달래서야 술자리는 겨우 마무리됐다. 엄마들은 일찍 끝내는 대신 아빠들에게 조건을 내 걸었다. 물론 장난꾸러기 별이 엄마의 아이디어였다.

별이엄마　집에까지 업어주지 않으믄 안 간다.
별이아빠　야 동네 챙피하게 왜 이러니. 빨리 가자.
송희엄마　나두 안 업어 주믄 아이 간다. 니네 끼리 가서 자라.

　엄마들이 단체로 항의하는 바람에 아빠들은 업어 줄 수밖에 없었다.

별이아빠　내 원 ~~ 기가 먹혀서리...
　　　　　니 아침에 술 깨믄 죽는다 ~~~~

　내일은 어떻든 간에 엄마들을 업고 가는 모습이 참 훈훈하다.

마지막 총화

　드디어 마지막 시험이다.
　다른 때보다 시험이 일찍 시작돼 방학을 하루라도 더 즐길 수 있다. 보통은 3월 말까지 계속해서 시험을 보면 며칠 쉬지도 못하고 새 학년으로 진학할 때가 많다. 하지만 올해는 학년말 시험이 일찍 끝난 덕분에 열흘 정도 쉴 수 있겠다.
　오늘은 3학년의 마지막 수업이 종강하는 날이며, 3학년 마지막 마무리 총화를 하게 된다.

| 선생님 | 다들 1년 동안 고생 많았다.
다음 학년부터는 더 이상 소년단원이 아이다. 그 말은 이제 더 이상 애들이 아이란 말이다.
이제 며칠 있으면 사회주의청년동맹원이 될 사람들이니 각자 점잖게 행동하기 바란다.
또 아직 겨울 화목대*도 안 낸 사람, 또 토끼가죽, 장갑 등등…
안 낸 사람들은 좀 부끄럽지 않니? 한 학년이 지나가는데 그래도 마무리는 하고 가야지 볼일보고 닦지 않은 것처럼 그렇게 찜찜한 대로 새로운 학년을 맞이하고 싶은지 모르겠다.
아무튼 이번 학년은 이제 끝났으니까 선생이 이름 불러 말하지는 않겠지만 양심껏 마무리하자. 그래도 안 내겠다면 어쩌겠니, 내 돈이라도 내서 화목대를 빨리 갚아야지… |
|---|---|

    겨울이면 가장 난 문제가 가정이든 학교든 화목이다. 워낙 비싼데다가 한 겨울날 화목은 각 학급별로 자체 해결을 해야 하는 것만큼 선생님에게도 아이들에게도 부담이 적지 않다. 가끔 잘 사는 집 아이들이 나무를 한 차 정도 지원하기도 하지만 학교까지 실어 오는 기름값도 주어야 하고, 또 우리 학급 화목뿐만 아니라 3대 장군 연구실이나 경비실 등 교직원들이 공동으로 쓰는 사무실들 화목까지 장만해야 하다 보니 겨울이면 거의 전투다. 이번 겨울에는 화목대로 한 사람에게 1만 원씩 거뒀는데 선생님 말로는 거의 3분의 1정도가 내지 않았단다. 배급도 없고, 그렇다고 월급을 남보다 많이 주는 것도 아닌데 이럴 때 보면 정말 선생질도 썩 좋아 보이지는 않는다.

선생님	아무튼 학부형 총회는 22일에 할 거니까 엄마들한테 가서 전해라. 그리구 오늘 마지막 시험인데도 학교에 안 나온 것들은 도대체 어떤 것들이야?

* 화목대: 겨울철 난방을 하기 위해 필요한 나무를 구입하는 비용

분단위원장! 각 분조별로 오늘 아이 나온 사람들 연락해서 월요일 학부형 총회에 나오도록 해라. 그럼 총회는 이것으로 마친다.

학생들　수고 많으셨습니다.

    총회가 끝나고 학생들끼리 따로 모였다.
    2년 전까지만 해도 학부형 총회가 끝나면 학부모들이 돈을 모아 분단위원장네 집에서 음식을 만들어 아이들과 엄마들, 그리고 선생님까지 다 같이 함께 먹고 이야기를 나눴었다. 하지만 작년부터는 그 방식이 촌스럽다고 아무도 모이지 않는다. 차라리 먹고 노는데 쓰는 돈을 모아서 선생님 살림살이에 보태는 편이 낫다는 여러 엄마들의 의견이 받아들여진 것이다. 우리는 지금 학부형 총회 때 선생님께 무엇을 사 드릴지, 아니면 돈을 드리더라도 얼마를 드려야 할지 토론을 하기 위해 모였다.

분단위원장　다른 학급이 뭐 해주는지 모르지?

나　그건 잘 모르겠는데 이번에 6학년 졸업식 때 6학년 1반 뚱뚱보 선생은 50만 원 받았다재.

진옥　진짜?

나　근데 우리는 졸업식은 아니니까 한 사람당 이삼천 원 정도씩 모아서 돈으로 드리는 게 좋지 않을까?

분단위원장　그래. 그게 차라리 좋겠다. 그럼 기본은 2,000원으로 정하고 더 내고 싶은 사람은 더 내도록 하자. 그럼 내일모레 학교 운동장에 돈 가지고 나오는 걸로 하는 거는 어때? 거기서 돈 받고 바로 명단 작성하믄 되재.

    우리는 모두가 분단위원장의 의견에 합의했고, 낼모레 학교운동장에서 만나기로 약속했다.

개학

오늘은 개학 날이다.

죽어라 가기 싫던 학교가 가고 싶어 잠을 설치고, 그토록 입기 싫던 교복과 치마가 입고 싶어 몸살이 나는 오늘은 개학 날이다. 4월은 봄이라고들 하지만 우리 동네 4월은 겨울이다. 가끔씩 봄비가 내리기는 하지만 다음날이면 다 얼어붙어 온 도시를 스케이트장으로 만들어버릴 만큼 냉혹하다. 오후에는 그래도 따뜻한데 아침 시간에는 정말 춥다. 하지만 오늘만큼은 치마를 입고 싶다. 본디 청개구리 같은 기질이 있어서 그런지 겨울이 되면 봄 옷이, 봄이 되면 여름 옷이 그렇게 입고 싶다. 교실에 들어서니 교복 치마에 넥타이까지 맨 아이들이 꽤 되는 걸 보니 다른 아이들도 나와 비슷한가 보다. 그 추운 날씨에 얇은 스타킹에 치마를 입고 온 아이들도 있었다. 5분 후 모임종소리가 울려 다 함께 학교 운동장에 모였다.

나 야 근데 신입생이 왜 안 보이니?

진옥 우리 먼저 시작한 담에 들온다.

교장 선생님 자 다들 집중하시오.
경애하는 수령님과 친애하는 지도자 동지의 뜻깊은 사랑 속에 한 해가 가고, 또 이렇게 새로운 학년을 맞이할 수 있게 되었습니다.

장군님의 은혜로운 품 속에서 세상에 부러움 없이 배우고, 또 배우며 자라는 우리들은 항상 장군님을 위하여 준비되어 있어야 합니다. 그러기 위해서는 학습과 조직생활은 물론이고, 몸과 마음도 튼튼히 해야 합니다. 그래야만 졸업한 우리의 선배들처럼 당이 부르는 길에 앞장서 나갈 수 있습니다. 엊그제까지만 해도 우리와 같은 공간에서 배우고 자란 우리 6학년 선배들이 이제는 어엿한 군인으로, 대학생으로, 직장인으로 혁명의 제1선에 나섰습니다. 나는 여러분들도 선배들 못지않은 혁명가로 충분히 성장할 수 있다고 생각합니다.

또 오늘 소학과 과정을 마치고 우리 학교로 진학하는 신입생들을 선배답게 친오빠와 언니의 심정으로 잘 보살펴 그들이 하루빨리 고등중학교 학생으로 성장해 나갈 수 있도록 도와주리라 믿습니다. 선배가 된 여러분들을 진심으로 축하하면서 신입생 환영회를 시작하겠습니다.

음악 소조 아이들의 명쾌한 환영곡이 온 운동장에 울려 퍼지는 가운데 신입생들이 꽃 테이프를 끊으며 들어 왔고, 우리는 준비했던 꽃보라*를 열심히 뿌려 줬다. 그 추운 날씨에 교복 차림으로 부들부들 떨면서도 아이들의 얼굴에는 웃음이 가득했다. 중학생이 된다는 사실에 추위 따위는 다들 잊은 것 같았다. 풋풋한 신입생들, 아는 얼굴들과 모르는 얼굴들이 뒤섞여 있는 그 모습이 왠지 기분이 좋다.

교장 선생님의 축사와 6학년 대표, 신입생 대표의 결의문이 끝났다. 이것으로 정식 행사는 마무리 되었다. 마지막으로 교장 선생님이 한마디 더 하고 싶단다.

교장선생님 여러분들이 잘 아시는 것처럼 우리 학교에서는 해마다 김일성종합

---

* 꽃보라: 바람에 날리는 많은 꽃잎

4월 이야기

대학*과 김책공대**를 비롯한 여러 대학들에 학생들을 배출합니다. 올해에도 6학년 2반 김은정 학생이 김일성종합대학에 입학하는 영예를 얻었습니다. 여러분이 정말 열심히 공부한다면 누구든 제2의 김은정, 제3의 김은정 학생이 될 수 있다고 생각합니다. 더 분발하여 좋은 결실을 맺기를 진심으로 바랍니다. 그럼 이것으로 개교사를 마치겠습니다. 각 학급별로 움직이시오.

나　　야 근데 은정이가 누구야?

진옥　그 있재, 맨날 책들구 공부만하던 애. 모르니?

나　　응. 공부 잘 했는 매지? 어떻게 김일성종합대학까지 다 갔대?

진옥　그러게. 보기에는 막 어리숙해 보이던데, 김대갈 줄은 또 몰랐네.

나　　우리두 한번 열심히 공부해보까?

진옥　그럴까?

나　　김대가믄 여느 대학처럼 돈 내란 말두 아이 한다재. 거기 가믄 기숙사도 있고, 나라에서 다 지원해 준다더라.

진옥　근데 간부집 자녀들이 마이 있어서 지방에서 간 애들은 그냥 거지 취급 당한다재.

나　　와 재수 없네. 그래도 함 해보자. 못가믄 마는기구.

진옥　그래. 그럼 공부 한 번 해봐?

나　　그래! 청춘이 꽁하니?***

---

* 김일성종합대학: 평양에 위치한 북한 최고의 4년제 종합대학. 줄여서 '김대'라고도 말한다.
** 김책공업종합대학: 평양에 위치한 북한 최고의 공업종학대학. 줄여서 '김책공대'라고 말한다.
*** 청춘이 꽁하다: '아프니까 청춘이다'와 비슷한 의미. 인생의 젊은 시기에 도전하는 것은 무엇이든지 용서되고 가능하다는 의미로 사용된다. 주로 청년계층에서 많이 사용하는 일종의 유행어이다.

배경대 연습(카드섹션)

일요일이지만 배경대 연습을 위해 아침부터 도시락을 싸들고 학교 운동장에 모였다.

연습을 시작한 지 이틀째여서 그런지 아직은 아이들의 모습이 즐겁다. 시작한 지가 얼마 안 되니 연습보다는 점심시간에 모여 앉아 도시락을 먹을 수 있어 마냥 즐겁다. 우리 학교 운동장에서 경기장까지는 걸어서 30분에서 40분 정도 걸린다. 하지만 대열을 맞춰 걸어가려면 10분 정도는 더 걸린다. 학교에서 9시에 출발해 자기 자리에 앉으니 10시다. 오전 연습은 10시부터 12시까지 휴식없이 진행된다. 오후 연습은 보통 1시나 1시 반부터 시작되는데 총 배경대를 지휘하는 총 책임자의 기분에 따라서 휴식 시간을 많이 주거나 혹은 일찍 끝내준다.

배경대 연습은 정중앙 상단에 서 있는 총 책임자 선생님이 배경대를 빨간색 쪽으로 돌리면 우리도 빨간색으로, 흰색으로 돌리면 흰색으로 돌리는 방식으로 진행된다. 경기장의 넓은 좌석에 대충 짐작해도 세로줄 50명, 가로줄 250명 정도의 자리를 꽉 채울 만큼 많은 학생들이 참여하다 보니 그 중에는 틀리는 학생들이 꽤 많다. 게다가 배경대가 빨간색과 흰색으로만 되어 있어 한 사람이라도 틀리면 바로 알 수 있다. 총 책임자의 권한으로 실수를 가장 적게 하는 학교는 일찍 집으로 갈 수 있지만 실수가 많은 학교는 남아서 연습을 해야 하기 때문에 선생님들도 난리다. 3, 4학년 학생들은 작년에도 배경대 행사에 참여해 봤기 때문에 그나마 실수가 덜하지만 지금 막 2학년이 된 학생들은 처음이라 실수가 많다. 그래도 오늘은 시작한 지 이틀째여서 그런지 선생님들이 그렇게 심하게 욕은 안 하신다.

중앙에 계신 선생님은 배경대를 빨간색으로 했다가, 흰색으로 했다가, 위로 들었다가 아래로 내렸다가, 오른쪽으로 기울였다가 왼쪽으로 기울였다가 별의별 동작을 다 하신다. 책임자 선생님의 손동작이 점점 빨라지자 미처 따라가지 못해 당황해하는 아이들이 하나둘 나타났고, 어쩔줄을 몰라하는 아이들의 표정을 보니 정말 웃기다. 그렇게 어려운 것도 아닌데 따라하지 못하는 아이들이 조금은 멍청

해 보여서 더 웃음이 난다. 2시간의 연습이 끝나고 우리는 점심을 먹기 위해 학급별로 모여 앉았다.

분단위원장   오늘 누가 선생님 벤또 아이 싸와?

진옥   분단위원장이 아이 싸왔는데 누가 싸오개?

분단위원장   어떻게 하지? 샘 식사하러 가야하는데...

나   그러믄 니 벤또를 선생님한테 주구 니는 우리랑 같이 먹자.

진옥   그러믄 되겠다.

　명절이나 운동회 때는 엄마들이 선생님 도시락까지 챙겨주지만 평상 시에는 잘 챙겨주지 않는다. 보통 도시락을 싸는 날에는 학생들은 학생들끼리 먹고, 선생님들은 선생님들끼리 모여 앉아 먹는데 대부분의 선생님들은 도시락을 싸오지 않는다. 그렇다고 선생님들 식사 모임에 빈손으로 보낼 수도 없어 학급에서 가장 잘 싼 도시락을 선생님께 주고 그 학생은 다른 아이들과 나누어 먹는 방법으로 상황을 해결한다. 우리 고향은 백두산 근처여서 4월이지만 가끔은 눈이 오는 데다가 바람도 세게 불어 지금 계절에 도시락을 싸면 밥이 꽁꽁 얼어붙을 정도다. 하지만 오늘은 우리가 도시락 먹는 날이라 그런지 바람이 조금 불뿐 햇볕이 따뜻해서 너무 좋다. 날씨가 좋은 덕분에 우리는 오늘 연습을 잘 마무리 했다.

인민군 초모 환송모임

　월요일이라서 그런지 다른 날에 비해 시간이 빨리 갔다. 6교시 혁명력사 수업이 끝나고 담임선생님이 들어 왔다.

담임선생님   오늘 오후 1시 반까지 한 사람당 꽃 한 송이씩 가지고 학교운동장에

	모여라. 인민군 초모* 환송모임 간다.
학생들	아 ~~~
담임선생님	다들 교복차림으로 와야 한다. 특히 여학생들은 교복치마를 꼭 입고 오도록! 알았니?
학생들	예 ~~~

또 하루종일 서 있을 생각을 하니 끔찍하다.

해마다 찾아오는 초모 환송 모임이 또 시작된 것이다. 환송모임은 보통 지금부터 시작하면 거의 5월까지 일주일에 한 번 정도씩 한다. 그때마다 우리는 꽃을 준비해야 하고, 군 간부들과 신병들의 연설이 끝날 때까지 뙤약볕에 앉아 기다려야 한다. 가뜩이나 많은 사람들이 참여하는 데다가 확성기가 좋지 않아 뒤에 앉아 있는 사람들은 앞에서 말하는 소리가 들리지도 않는다. 장난하면 장난한다고 뭐라고 하니 장난질도 못하고 2시간 동안 꼼짝 못하고 앉아서 자리를 지켜야 하는 일이 정말 쉽지 않다. 날씨라도 좋으면 괜찮은데 비가 오거나, 바람이 불거나, 해가 심하게 내려쬐는 날이면 정말 고문이 따로 없다. 게다가 치마까지 입어야 한다니 갑자기 가기가 싫어진다. 하지만 오늘 출석률로 보아 오후에 나올 사람이 별로 없을 것 같다.

갈지 말지 한참을 고민한 끝에 나는 치마를 입고 학교 운동장으로 나갔다. 나를 포함해 15명밖에 나오지 않은 데다가 꽃을 들고 나온 사람이 달랑 5명이다.

담임선생님	꽃가지고 오라구 했는데 가져온 사람이 몇이나 되는가 봐라. 아무튼 세상에 둘도 없는 개귀띠**들이라니까. 한 학급당 꽃목걸이 하나씩 만들어 가기로 했는데 다섯 송이 밖에 없어서 어떻게 하니? 출발시간까지 20분 남았다. 꽃이 없는 사람들은 다시 갔다 와라.

* 인민군 초모: 북한에서는 만 17세를 전후해 징병되어 군대에 가는 것을 '초모'라고 한다.
** 개귀띠: 말을 잘 안 듣는 사람들을 비유적으로 이르는 말

아니 출석했다는 것만으로도 감사할 일인데 다시 집으로 갔다 오라니...

그렇다고 선생님이 갔다 오라는데 가만히 서 있을 수가 없어 우리는 학교에서 나왔다.

나	아이, 오지 말까 하다가 하두 사람이 없길래 나왔더니 저 야단이네...
혁철	그러게. 그냥 여기 좀 있다가 10분 지나서 걍 들어가자. 뼈다구 만이 살길이다.
개파리	그래 장군님 배워준 배짱 어따 써먹개, 이런 데나 써먹어야지.

우리는 골목에서 수다를 떨다가 15분이 지나서 다시 학교로 갔다.
빈손으로 돌아온 우리를 보는 선생님의 눈살이 떨린다.

담임선생님	왜 다들 빈손이야? 혁철이 너는 왜 빈손에 왔니?
혁철	그게... 집에 갔는데 엄마두 없구 아무도 없재미까.
담임선생님	은경이 너는?
나	엄마 어디 갔는지 집에 문 걸었습니다.
담임선생님	구실은 다 있소.

우리는 겨우 위기를 모면하고 환송모임에 참여했다. 초모 환송모임은 대부분 보천보전투 승리기념탑에서 진행된다. 오늘 우리들의 임무는 초모들보다 먼저 도착해 그들이 수령님 동상에 인사드리러 가는 길 옆에서 노래를 불러주고, 꽃목걸이를 걸어주거나, 꽃송이를 달아주는 역할이다. 또 군 간부들의 연설이나 초모병의 선서, 결의를 들어주면서 중간중간에 박수를 쳐주는 일이다. 우리는 초모들이 들어올 수 있게 가운데 자리를 내어주고 대형을 맞춰 길게 섰다. 한 5분이 지나서 저 멀리서부터 환영곡이 울리기 시작했다.

초모들이 우리 앞을 지날 때에는 이미 꽃목걸이며, 꽃송이며 가득가득 달았다. 연예인 뺨치게 생긴 오빠는 꽃목걸이를 세 개나 달고 있었다. 진옥이와 내가 '오빠 멋져요!'하고 소리치자 오빠는 기분이 좋았는지 꽃목걸이 두 개를 벗어 진옥이와 내 목에 하나씩 걸어줬다. 우리는 신이 나서 오빠들이 지나갈 때마다 소리쳤고 덕분에 우리는 꽃목걸이 두 개와 꽃 다섯 송이를 얻어가지고 집으로 돌아왔다. 당분간은 꽃송이 걱정을 하지 않아도 되겠다.

옷차림 단속을 피하는 법

날씨가 따뜻해지니 치마를 입으라고 난리다.

오늘부터는 학교 정문에 규찰대*를 세워 옷차림 단속을 시작한단다. 여학생들은 치마, 남학생들은 교복에 운동화, 소년단원들은 소년단** 넥타이를 매고, 청년동맹원들은 청년동맹 뱃지를 달아야 한단다. 만일 치마를 입지 않았거나 소년단원이 넥타이를 매지 않고 청년동맹원 행세를 하게 되면 하루 동안 수업에 들여보내지 않고 청소를 시키겠단다.

치마를 입는 일은 그렇게 문제가 되지 않지만 문제는 넥타이를 매야 한다는 것이다. 사실 나는 아직 청년동맹원이 되지 못했다. 아니 그냥 가입하지 않았다. 소년단 입단이나 청년동맹에 가장 먼저 가입하는 사람들은 1차라고 하는데 2월 16일에 한다. 또 2차는 4월 15일, 3차는 6월 6일에 하는데 보통 3차가 지나면 하기 싫다고 해도 시켜준다. 4차가 제일 마지막인데 그때는 명단만 넣으면 청년동맹원 중이 알아서 발급된다. 물론 1차로 가입하는 아이들은 공부를 잘하는 거랑은 별로 상관이 없다. 집에 돈이 얼마나 많이 있는지 혹은 선생님들께 얼마나 많이 가

---

* 규찰대: 엄격한 통제를 통해 질서를 바로잡기 위한 조직
** 소년단: 어린이들을 대상으로 한 북한 사회주의애국청년동맹의 하부조직이며, 소학교(초등학교) 2학년 때 의무적으로 가입해야 한다.

져다 바치는가에 따라 선발이 되기 때문이다. 그리고 보통 2차 때는 돈은 없거나 혹은 부모는 열성이 없지만 공부를 잘하는 아이들 기준으로 가입시키고, 3차나 4차 때는 그야말로 개나 소나 다 시킨다.

　엄마가 열성분자였던 덕분에 소년단에 제1차로 가입을 했었는데 사실 별 의미가 없었다. 오히려 4월 15일에 입단하는 아이들이 더 부러웠을 만큼 좋은 점이 별로 없었다. 4월 15일에 입단하는 아이들은 날씨도 따뜻해 옷도 예쁘게 입고 공식 석상에서 간부들이 넥타이를 매어 줬지만 2월 16일 때는 선생님들이 해줬다. 또 소년단에 입단을 언제 했냐고 물어보는 사람은 아무도 없었다. 나중에 생각하니 남보다 먼저 소년단 넥타이를 맸다는 사실은 그냥 자체 위안일 뿐이었는데 그것도 모르고 2월 16일에 입단하겠다고 소년단 입단선서와, 소년단원의 의무와 권리를 머리 터지게 외웠던 생각을 하니 조금은 허무했다. 그래서 이번 청년동맹 가입만큼은 알아서 시켜 줄 때까지 하지 않기로 했다. 또 괜히 1차로 가입한다고 사로청지도원*께 잘 보이기도 귀찮았다. 그런데 옷차림 단속이라니.

　이럴 줄 알았으면 4.15때라도 청년동맹에 가입했을 걸 그랬다는 생각이 들었지만 후회해 봐야 소용없는 노릇이다. 어떻게 하면 이 위기를 모면할까 생각하다가 규찰대보다 더 일찍 학교에 가는 방법을 생각해 냈다. 나는 아직 아무도 등교하지 않은 학교에 넥타이는 물론 치마도 입지 않은 채 당당하게 등교했다. 규찰대들이 아무리 열심히 단속해도 나는 절대로 못 잡을 것이라 생각하니 얼마나 고소한지 모르겠다. 한 10분 정도 지나자 아이들이 한두 명씩 들어오기 시작했다.

나　　　밖에 규찰대 있니?

진옥　　응. 바지 입구 오다가 혹시나 해서 치마 가지구 왔더니 아이 걸렸다. <u>크크크</u>

나　　　잡힌 애들이 더러 있니?

* 사로청지도원: 사회주의애국청년동맹 지도원의 줄임말. 수령과 당에 충실한 사람들로 구성되며 주로 학생들의 생활을 통제하고 사상을 지도하는 역할을 한다.

진옥	한 10명 쯤 되더라. 너는 치마 입어?
나	아니, 그럴 줄 알고 7시 반에 학교 왔다. 크크크
진옥	진짜? 야 바지 갈아입게 밖에 나가서 남자들이 오는지 망 좀 봐다.
나	응.

　선생님들도 다들 아시겠지만 치마를 입으란다고 정말 치마를 입고 등하교하는 학생은 거의 없다. 다들 치마 밑에 바지를 입고 정문을 통과할 때만 치마를 입은 척한다. 그러고는 교실에 들어서기 바쁘게 치마를 벗어 버린다. 소년단 넥타이도 마찬가지다. 정문을 통과할 때만 넥타이를 맸다가 교실에 들어오기 전에 벗어 버린다. 그러면 규찰대에 걸릴 일도 없고, 부끄러울 일도 없다. 하지만 우리들의 꼼수에 그리 쉽게 넘어갈 선생님들이 아니었다. 2교시가 끝나고 모이라는 종소리가 울렸다.

담임선생님	야 빨리 운동장 나가 모여라.
나	뭐합니까?
담임선생님	너네 오늘 치마두 안 입구, 넥타이두 안 매고 온 애들은 다 죽었다.

　우리 같이 꼼수를 부리는 아이들을 잡아내기 위해 사로청지도원이 잔머리를 썼다. 2교시 후에 공지 사항이 있다는 이유로 전교생들을 불러내놓고 옷차림 검열을 실시하려는 목적이다. 안 그래도 사로청지도원만 보면 피해 다녀서 언제라도 걸리면 제대로 혼이 날 것 같았는데 큰일 났다. 나는 다시 잔머리를 굴렸다.

나	샘 교실에 있으믄 아이 됩니까?
담임선생님	왜?
나	갑자기 골이 아파서리, 정신 못 차리겠습니다.

담임선생님	왜? 나가믄 치마 안 입은 거 걸릴까 봐 겁이 나니?
나	헤헤헤 샘 딱 한 번만 봐주믄 아이 됩니까? 낼부터 치마를 입겠습니다.
담임선생님	시끄럽다. 빨리 나가라!
나	샘 진짭니다. 예? 딱 한 번만 좀 봐주세요. 낼부터는 진짜로 치마 입겠습니다.

선생님께 손이야 발이야 빈 덕분에 나는 교실에 남았다. 교실에 몰래 숨어 창문으로 보니 사로청지도원이 규정 옷차림을 하지 않은 아이들을 하나씩 불러내고 있었다. 선생님 덕분에 오늘 하루 무사히 보낼 수 있게 됐다.

횟가루 칠 하는 날

오늘은 횟가루 칠 하는 날이다.

해마다 이맘때면 교실꾸리기가 시작되는데 학교와 온 마을이 아롱다롱 색동옷을 입거나 검은 색 벽들이 눈부실 정도로 새하얗게 꽃단장을 해 보기는 좋지만 돈이 많이 든다는 것이 문제다. 그네와 철봉, 운동장의 펜스들을 색칠하기 위해서는 에나멜이 필요한데 너무 비싸다. 게다가 생석회도 얼마나 비싼지 교실꾸리기 한 번 하는 데 돈이 얼마나 많이 드는지 모른다. 그렇다고 정부에서 지원해 주는 것도 아니라서 학교 꾸리기에 드는 모든 자금을 학생들이 부담한다. 그러다 보니 교실꾸리기 시기가 지나고 5월 말일부터 학교에 보내는 사람들도 많다. 쌀이 1kg에 3,000원인데 교실꾸리기로 일인당 10,000원을 내라니 그럴 만도 한 일이다.

몇 년 전까지만 해도 횟가루 칠하는 날이 학부모들에게 얼마나 골칫거리였는지 모른다. 우리 때까지만 해도 집집마다 아이들이 둘, 셋은 됐는데 횟가루 칠하는 날이 큰 아이와 작은 아이가 같다 보니 엄마는 한 명인데 몸을 쪼갤 수도 없는 노릇이었다. 대부분의 엄마들은 아무래도 작은 아이가 더 걱정이 돼서인지 동생 교실에서 횟가루 칠을 해 주었다. 그러면 또 큰 아이들의 담임선생님들이 찾아와 불만을 표시하기 때문에 서로서로 눈치를 봐가면서 일해야 했다. 그나마 양심이 있는 엄마들은 자기가 참여하지 못하는 대신에 간식을 사다 주기도 했지만 그렇지 않은 엄마들은 아예 인사도 없었다. 하지만 이제 그런 고민을 할 필요가 없다. 세월이 좋아진 덕분에 모든 문제들이 해결됐다.

옛날에는 너비 4cm에 길이가 8cm 정도 되는 횟가루 솔로 그 큰 교실을 두 번씩 칠해야 했었는데 요즘은 분무기가 나와서 구석진 곳과 같이 사람의 손길이 꼭 필요한 곳만 해주면 된다. 물론 공짜는 아니다. 분무기를 쓰기 위해서는 발전기를 돌려야 하는데, 발전기를 돌리려면 휘발유가 필요하다. 기름 한 방울 안 나는 곳이라 휘발유가 중국을 거쳐 오다 보니 얼마나 비싼지 모른다. 그럼에도 엄마들은 돈을 얼마 더 내더라도 차라리 몸이 편하기를 바란다. 덕분에 우리도 횟가루 칠하러 가자고 엄마에게 조르지 않아도 돼서 좋다.

담임선생님 오후 1시부터 횟가루 칠 시작하니까 늦지 않게 와라.
그리구 집에 구석솔이 있는 사람들 손 들어봐. 네 개면 충분하겠다. 빨리 집에 가서 밥 먹고 일찍들 오나.

분무기로 횟가루 칠을 한다고 해도 1, 2학년 아이들에게는 엄마들의 손길이 필요하다. 하지만 이제 4학년이 된 우리에게는 별로 엄마가 필요하지 않다. 이제 어떤 아이들은 웬만한 엄마들보다도 횟가루 칠을 잘 한다. 나는 항상 모든 일에 어른스러운 진옥이가 그래서 좋다. 진옥이는 거의 못하는 일이 없다. 무슨 일을 시켜도 어른 못지않게 척척 잘 한다. 횟가루 칠을 시켜도 얼룩이 생기지 않게 얼마나 깔끔하게 하는지 모른다.

우리는 분무기가 도착하기 전에 초상화, 책상, 의자, 교탁, 구호판[*] 등 횟가루가

* 구호판: 북한의 선전문구가 쓰여 있는 판

묻어서는 안 될 것들을 전부 밖으로 뺐다. 그리고 창문이나 칠판에는 비닐을 씌우고 교실바닥에는 나무톱밥을 깔았다. 또 혹시라도 머리에 횟가루 물이 튈지 몰라 작업복을 입고 머리에는 비닐 봉다리 하나씩을 썼다. 그 모습이 얼마나 우스운지 우리는 서로를 쳐다보며 배가 끊어져라 웃었다.

  오늘 안에 횟가루 칠과 청소를 마무리할 줄 알았는데, 분무기가 하나밖에 없어 여기저기 돌아다니다 보니 생각보다 많이 늦어졌다. 덕분에 내일 청소하러 또 학교에 나와야겠다. 말이 횟가루 칠이지 실은 나무톱밥 위에서 뛰어노는데 더 많은 시간을 보냈다. 월요일부터 새로워진 교실에서 공부하게 될 생각을 하니 기분이 좋다.

맥주파티

　우리 고향은 워낙 날씨가 추워 벼농사는 물론 과일나무 하나 제대로 자라지 않아 자랑할 거리가 별로 없다. 물론 감자로 유명하긴 하지만 하루 이틀 별미로 먹기에나 맛있지 매일 먹으려면 질려서 못 먹는다. 당에서는 쌀보다 맛있는 대홍단 왕감자라고 하지만 사람들은 그렇게 생각하지 않는다. 사람도 아니고, 감자도 아닌 당만 그렇게 고집할 뿐이다. 그러니 그 말을 믿을 사람은 아무도 없다. 그나마 다행인 건 장군님의 고향인 혁명의 성산 백두산이 있다는 것과 1호 제품으로 올라가는 술 공장, 그리고 맥주 공장이 있다는 것이다. 우리 고향에서 나오는 감자술과 생맥주는 꽤 유명하다. 1호 제품은 장군님께서 드시거나, 혹은 중앙당 간부들을 위해 특별 제작하는 물품들을 말한다. 그렇다고 우리가 먹어 볼 수 없는 것은 아니다. 그러나 돈이나 인맥만 있다면 언제든지 가능하다.

　오늘은 세계근로자의 날, 노동자 절이라 아버지가 모처럼 집에 있는 날이다. 워낙 무뚝뚝한 아빠는 욕할 때를 제외하고는 먼저 말을 걸어 주는 법이 없다. 그래서 늘 내가 먼저 말을 건넨다.

나	아버지 오늘이 노동자 절인데 공장에서 머 안 준다니? 작년에는 술이랑 줬재?
아버지	글쎄... 이번에는 아무 것두 안 주겠는가 보지.

나	근데 오늘 어디 가니?
아버지	응, 이따가 광성이 아버지랑 맥주공장 가기로 했다.
나	어느 책임비서* 운전순가 하는 사람?
아버지	응, 같이 가개?
나	정말이? 내야 좋지비.

같이 길을 걸어가면서 손을 잡아도 싫다고 하는 아빠가 어쩐 일로 오늘은 나와 같이 가잰다. 안 그래도 말로만 듣던 맥주공장이라는 곳을 한번 가보고 싶었는데 잘 됐다 싶어 따라나섰다. 광성이 아빠 덕분에 승용차도 타니 기분이 날아갈 것만 같다. 도로에 차도 없고, 신호등도 없어서 우리는 브레이크 한번 밟지 않고 바로 목적지까지 도착했다. 나는 신이 나서 아빠 뒤를 졸졸 따라다녔다. 아빠가 경비에게 말했다.

아빠	비서 만나러 왔는데 안에 있소?
경비원	방에 있을게요. 함 들어가 보오.

비서 만나러 와서 그런지 경비원은 누군지도 묻지 않고 바로 정문을 통과시켰다. 아빠와 광성이 아빠가 비서실에 들어갔다가 표 같은 것을 한 장 가지고 나왔다. 그 표를 가지고 출납실에 갔더니 맥주 60용기를 내 주었다. 아빠들은 그 맥주로 우리 집에서 맥주 파티를 열었다.

광성이아빠	은경아 이 돈으로 가서 마른 명태 10마리랑, 낙지(오징어) 한 두름** 싸오나. 잔돈으로는 맛있는 거 싸먹어라.

* 책임비서: 북한 조선 노동당의 각급 당 위원회의 전반 사업을 책임지고 지도하는 직책
** 두름: 열 마리씩 묶은 것

| 나 | 예 ~~~ |

나도 남은 돈으로 내가 사고 싶은 것을 사고 싶지만 그럴 수 없다. 다른 집 아이들은 어른들이 용돈을 주면 다들 잘만 받아쓰는데 우리 집에서는 절대 허용되지 않는다. 교양 없는 행동이라는 이유다. 그래도 엄마 아빠가 그렇게 하라니 어쩔 수 없다. 나는 10원짜리 하나까지 다 가져다주었다.

광성이 아버지	남은 돈으로 맛있는 거 싸먹어라이까 어째 가져 왔니?
나	음...
광성이 아버지	어른들이 줄 때는 받는 게다. 세상에 공짜 어디 있니? 심부름 값은 받아야지.
아버지	야 그러지 말아라. 애들한테 돈 줘 버릇하믄 아이 된다.
광성이 아버지	야 니네 아버지 완전 농촌이구나. 세월이 어느 땐데 아직두 저런 소리를 하고 앉았니..
아버지	일없다. 광성이 아버지 주는 거는 받아두 된다.

우리 아버지까지 네 명의 아빠들은 밤새 그 많은 맥주를 다 마실 작정인 것 같다. 맥주 통을 옆에 놓고 둘러앉아 쉴 새 없이 마신다. 시간이 좀 지나자 한 사람, 한 사람 화장실을 드나들기 시작했다. 아빠들이 맥주파티를 즐기는 동안 나는 가지고 있던 돈들을 전부 모아 놓고 그 돈으로 무엇을 할지 계획을 세우느라 바빴다. 그러다 나도 모르는 사이에 잠이 들었다. 시간이 얼마나 지났을까 화장실에 가고 싶어 일어났더니 60용기에 꽉 차 있던 맥주가 거의 1/3밖에 남지 않았고, 그 옆으로 아빠들이 되는대로 누워 잠들어 버렸다. 그 많은 맥주가 아빠들 뱃속에 다 들어갔다니 정말 믿기지 않는다.

잠들기 전에 아빠들이 맛있다고 한 잔 마셔 보래서 맛봤더니 오줌물 같아서 별로였는데 아빠들 입에는 정말 맛나 보다.

에나멜(유성페인트) 칠하는 날

담임선생님	오늘은 생활총화 아이 한다.
학생들	아싸 ~~~ 신난다.
담임선생님	아싸는 무슨, 오늘 오후에 책상 의자랑 칠판에 에나멜 칠할 테니까 1시까지 여자들은 에나멜 칠할 수 있는 솔 가져 오구, 남자들은 못이랑 펜치, 망치 가지고 오나. 남자들은 고장난 책상, 의자 수리하구 여자들은 에나멜 칠하믄 된다. 알았니?
학생들	예 ~~~

    웬일로 생활총화를 안 한다 했더니 오후 작업이 있다.
    에나멜 값이 워낙에 비싸 에나멜 칠은 3년에 한 번씩 한다. 1학년 담임선생님이 6학년까지 맡기 때문에 교실이나 책상, 의자 등 비품도 1학년 때 사용하던 것들은 6학년까지 쓴다. 1학년 때 도색했던 교탁, 책상, 의자가 기스도 많이 나고 색도 바라고 해서 올해 다시 해줘야 6학년까지 쓸 수 있기 때문이다. 점심 식사를 마치고 시장에서 솔 하나를 사 가지고 학교에 도착했다. 30분 정도 늦게 갔더니 벌써 일이 시작됐다. 오늘 에나멜 칠하는 날인 줄 하늘도 알았는지 바람도 산들산들 불고 햇볕도 따뜻하게 내리쪼인다. 보통 의자와 교탁, 책상다리에는 노란색, 책상 위와 칠판에는 진한 연두색을 칠한다. 우리는 연두색을 칠하는 조와 노란색을 칠하는 조로 나뉘어 작업을 시작했다. 펜치와 망치로 책상과 의자들을 수리하는 남학생들의 모습이 제법이다. 개파리는 신이 났는지 노래까지 부른다.

개파리	♪♬ 여성은 꽃이라네, 할머니만 쏙 빼 놓고
혁철이	니 지금 할마이 무시하는 거? 새끼야 할마이 없었으믄 니두 없다.
개파리	그래? 그래믄 할마이두 끼워 주지머 크크

♪🎵 여성은 꽃이라네 할머니도 꽃이라네*

개파리 덕분에 우리는 웃을 일이 많다.
우리가 일하는 바로 옆에서 1학년생 엄마들도 에나멜 칠을 하고 있었다.

설이　　저거봐 ~ 우리두 1학년 때 엄마들을 불러다가 했었는데...

진옥이　그러게...

엄마들을 보니 1학년 때 학부형회의에 가자고, 학교 작업에 가자고 눈물을 흘려가며 엄마를 조르던 일들이 생각나 우리는 서로 마주보며 웃었다. 우리 힘으로 무엇이든 할 수 있다는 생각에 이제 어른이 된 것 같았다.

출석률 돌려 막기

2교시 수업이 한창인데 갑자기 담임선생님이 교실 문을 열고 들어섰다.

담임선생님　샘, 큰일 났습니다. 지금 도당**에서 출석률 검열 왔습니다.

력사선생님　정말이오? 우리 반두 오늘 출석률이 썩 좋은 거 같지 않던데. 내 한 번 우리 학급에 가 보게 선생이 여기 좀 있어 보오.

담임선생님　샘 그러지 말고, 잠깐 나와 보시오.

―――――

* 본 노래 가사: 여성은 꽃이라네 중에서(여성은 꽃이라네, 나라의 꽃이라네, 한 가정 알뜰살뜰 돌보는 꽃이라네...)
** 도당(道黨): 북한은 조선노동당 독재체제인데 이 당조직은 중앙당, 지방당으로 나뉘며 각 도마다 당위원회가 있어서 당조직을 총괄한다. 도당 밑에는 군당, 시당 등 지역당 조직이 있으며, 각 기관마다 당조직이 있다.

검열관이 왔다는 말에 우리도 책상 줄을 바로 맞추고 옷매무시도 단정히 하는 등 그를 맞을 준비를 했다. 혹시라도 학습장 검열을 할 수도 있어 공부를 잘 하는 아이들을 앞자리에 앉혔다. 10분 정도 지났을 때 갑자기 요란한 발자국 소리가 나더니 10명 정도 되는 3학년 아이들이 가방을 들고 우리 교실에 들어 왔다. 당황스러워 하는 우리들을 보며 선생님이 말했다.

담임선생님 검열 때문에 데려왔다. 도당 지도원이 들어 왔다 나가믄, 다른 교실에 들어가는지 잘 확인하구 들키지 않게 자기 교실로 돌아가믄 된다. 그리구 얘네 갈 때 너네 5명 정도 같이 가서 앉아 있다가 선생님이 데리러 갈 때까지 거기 있어라. 알았니?

선생님이 3학년 학생들을 데려다 앉혀 놓은 덕분에 도당 지도원 수첩에 우리 학급 출석률은 95%로 적혔다. 그 사람이 나가고 나서 우리는 선생님이 시키는 대로 3학년 교실로 조용히 이동했다. 선생님들은 혹시라도 들킬까 봐 마음을 졸이고 있었지만 우리는 그 상황이 너무 재미있었다. 마치 탐정 드라마의 주인공이 된 것 같은 기분이 들었다. 3학년 교실에서 3학년 수업을 듣고 있자니 조금 시시한 느낌도 들고 아이들이 곧은 자세로 앉아 수업을 듣는 모습도 귀여웠다. 쉬는 종이 울리고 나서야 우리는 다시 교실로 돌아왔다.

담임선생님 설이 ~ 미안한 대로 집에 가서 엄마보구 고양이 담배(크레이븐 A 담배) 한 갑 좀 달래서 가져오나 ~~ 여기서 먹자지, 저기서 먹자지, 선생 노릇두 힘들어서 어디 해 먹겠니?

그랬다. 도당이나 시당 사람들은 담배 생각이 나면 검열을 나왔다. 뇌물을 주면 출석률이 낮아도 별 상관을 안 하지만 뇌물을 주지 않으면 어떻게든 꼬투리를 잡는다. 그렇다고 그 사람들이 나올 때마다 선생님들이 자기 주머니를 털어 뇌물을 줄 수도 없고, 학부모들에게 부탁하는 것도 한두 번이지 매번 부탁하려니 선생님도 미안할 수밖에 없다. 그렇지만 그 사람들 덕분에 우리는 가끔 혜택을 보기도 한다. 검열이 왔다는 소리에 선생님들이 정신이 없어 수업을 하지 않고 복습만 시키니 우리로서는 이득인 셈이다.

공개 재판

담임선생님 오늘 오후에 공개 재판이 있으니까 2시까지 학교 운동장에 모이도록, 알았니?

올해부터 공부를 좀 하려니까 어떻게 하루도 빠짐없이 작업에다, 행사에다, 공개 재판에다 정말 정신이 없다. 그렇다고 대놓고 불만을 털어놓을 수도 없어 공개 재판 장소로 끌려갔다. 대열을 맞춰 가는 길에 재판 내용이 궁금해진 우리는 학급의 대표 소식통인 은희에게 물었다.

나 야 근데 오늘 내용이 머이라니?

은희 나두 모르겠다. 가보믄 알겠지비.

설이 재쌔우기는? 그러지말구 좀 알레다.

은희 나두 잘은 모르겠는데 남조선 영화 봤다재. 그래서 총살한다는 것 같드라.

나 진짜? 오늘 총살한다니?

은희 아이, 오늘 재판하구 다음 달엔가 한다는 것 같더라.

설이 근데 여느 때는 총살까지는 아이 했재?

은희 내용이 좀 안 좋다는 것 같애, 제목이 뭐드라... 응 '장군의 아들'인가 그런데 수령님 막 헐뜯구 그런 내용이라드라. 어디 가서 말하믄

	아이 된다?
나	니만 머저린가 하니? 크크크 아이 말한다 걱정하지 말아.

　우리는 갑자기 내용이 궁금해졌다. 여태껏 한국 드라마나 영화를 보다가 잡혀간 사람들이 많았어도 교도소에 가는 정도로 끝났는데 총살이라니…
　드디어 공개재판이 시작됐다.
　옆구리에 권총을 찬 안전원* 몇 명이 수갑을 채운 사람 몇 명을 끌고 연단에 세웠고 검사로 사복을 한 사람과 정복을 입은 사람이 번갈아 가면서 그들의 죄를 읊기 시작했다.

　"이 자들은 장군님의 품속에서 온갖 사랑과 배려를 다 받고 자라면서도 썩고 병든 자본주의 사상에 물 젖어 나라를 배신하고, 우리 당과 수령을 배신한 배은망덕한 인간들입니다. … 한 줌도 안 되는 쥐새끼들이 아무리 쏠라닥거려도 우리 당과 우리 인민의 위대한 령도자 김정일 장군님께서 계시는 한 우리 조선민주주의 인민공화국은 영원할 것이며, 미제와 그 앞잡이들이 아무리 발악을 해도 우리는 우리의 힘으로 강성대국을 건설하고야 말 것입니다. 저들과 같은 미제의 앞잡이 놈들을 한시바삐 잡아내고 처단할 때 강성대국 건설을 하루빨리 앞당길 수 있습니다. 그 길에서 우리 모두 당의 눈과 귀가 되어 저런 배신자 놈들을 잡아내야 할 것입니다."

　한 시간이 넘게 진행된 공개재판의 결과는 은희 말대로 총살이었다.
　총살이라는 말을 듣는 순간 갑자기 몸이 부르르 떨리면서 여태껏 봤던 남조선 드라마들이 생각났다. 혹시라도 들키면 나도 저렇게 되지 않을까 겁이 났다. 예전에는 몰랐는데 오늘 재판을 보고 나니 앞으로는 보지 말아야겠다는 생각이 들었다.

* 안전원: 북한의 경찰

'림꺽정'을 못 보게 하는 이유

나　　엄마 어제 공개 재판 갔대?

엄마　아이, 너는?

나　　내 어제 갔는데 있재, 무슨 '장군의 아들'인가를 봐서 총살한다더라.

엄마　그래?

나　　엄마 근데 원래는 총살까지는 아이 했재? 이번에는 왜 총살하지? 앞으로는 막 단속이 심해지는기 아일까?

엄마　야 왜 총살하는지는 제목만 들어두 딱 알겠구나, 세상에 장군님이 둘이야?

나　　아니, 김정일 장군님 밖에 없지비.

엄마　그니까 문제지, 그 장군이 장군님이라두 문제구, 아이여두 문제구. 그니까 죽어야지 어쩌겠니?

나　　아 그렇구나. 엄마는 무슨 검사두 아이구, 왜 이렇게 똑똑하니?

엄마　지금 비록 이래두 엄마 젊었을 때는 얼마나 멋있었는지 아니?

나　　근데 나는 누구를 닮아 이렇게 머저리지? 아빠 닮았나? 크크크

　어제까지만 해도 왜 총살까지 하는지 이해가 가지 않았는데 엄마 이야기를 듣고 그 이유를 알았다. 만일 '장군의 아들'에서 그 장군이 우리 장군님이라면 남조선이 장군님 대접을 제대로 했을 리가 없고, 또 그 장군이 아니라면 장군님 외에는 또 다른 장군이 있어서는 안 될 이 나라 땅에서 그 영화를 봤다는 것은 어떻든 총살감이다. 어제 재판 생각을 하니 갑자기 또 겁이 나면서 심장이 요동쳤다. 나는 마음을 조금 진정시키기 위해 CD 디스크에 화면음악*을 넣었다. 나는 CD에서

*화면음악: 음악과 영상이 동시에 나오는 북한식 뮤직비디오

나오는 '심장에 남는 사람'을 같이 불렀다. 다음 곡으로는 5부작 예술영화 '림꺽정' 중에서 '나서라 의형제여' 노래가 나왔다.

> ♪ 구천에 사무쳤네 백성들의 원한 소리
>   피눈물 고이였네 억울한 이 세상
>   산천아 말해다오 부모처자 빼앗기고
>   백성의 등뼈 갉는 이 세상 어이 살리
>
> ♪ 무거운 짐을 졌다 발부리만 보지 말고
>   앞길을 내다보며 이 세상 살아가세
>   길가에 돌 밑에도 호걸들이 묻혔으니
>   내 한번 실수하면 이슬로 사라지리
>
> ♪ 칼집에 꽂힌 장검 보습을 벼리어서
>   사래긴 논과 밭을 갈았으면 좋으련만
>   나서라 의형제여 악한 무리 쓸어내고
>   가슴에 쌓인 원한 장부답게 풀어 보자

노래를 듣다 보니 드라마가 생각나 코끝이 찡해졌다.

엄마	저 노래는 정말 잘 만들었다. 옛날 노래들은 다들 저렇게 좋은데 요즘 노래들은 노래 같은 것두 없다.
나	엄마 모르니?
엄마	머?
나	요즘 '림꺽정' 못 보게 하재? 그리구 '림꺽정'에서 나오는 노래들 있재? '나서라 의형제여'랑 '량반놈 때려부시자'인가? 그 노래두 못 듣게 됐다더라. 근데 우리나라 영화는 왜 못 보게 하니?
엄마	요즘 세상이 옛날에 량반놈들이 백성들을 등쳐먹던 세상이랑 다른

게 머이 있니? '림꺽정' 보다가 진짜 림꺽정이 나타날까 봐 겁이 나나 보지. 평양에서는 요즘 세상이 림꺽정이 살던 세상이랑 똑같다구 난리라드라. 그래서 못 보게 하는 모양이지.

엄마는 어떻게 그리도 잘 아는지 정말 놀랍다. 우리 엄마라서 하는 말이 아니라 가끔씩 우리 엄마의 명철한 해석을 들을 때면 정말 주부로 살기에는 너무 아깝다는 생각이 들곤 한다. 생각해 보니 지금 세상이 림꺽정이 살았던 세상이랑 정말 똑같았다. 조그만 관직이라도 하나 달고 있으면 어떻게든 백성들에게 하나라도 뜯어 가지 못해 안달이고, 자기 마음에 조금만 안 들어도 잡아 가두는 세상이다. 간부들이라 해봤자 나라에 충성하는 놈들은 별로 없고 다들 자기 주머니 채우기에만 급급하다 보니 날이면 날마다 아부만 늘어서 상부에 백성들의 실태를 보고할 때마다 전부 거짓으로 한다. 장군님은 이런 백성들의 마음을 알지도 못하니 정말 답답한 노릇이다. 물론 어떤 영화를 보지 말고, 어떤 노래를 부르지 말라는 방침도 장군님이 직접 명령하는 게 아니라 중앙당 관리들이 하는 것일 테니, 도적이 제 발이 저린 거나 마찬가지다.

김매기 동원

담임선생님 오늘부터 김매기 동원이다. 오후 1시까지 호미 들고 학교 운동장에 모이도록! 그리구 교실꾸리대*를 안 낸 사람들은 양심적으로 좀 가져오자. 에나멜을 장마당에서 외상으로 가져다 썼더니 매일 같이 빚 독촉이다. 오늘내일하는 것도 어느 정도지 언제까지 계속 그럴 수는 없지 않니? 선생을 협잡꾼** 만들지 말고 좀 양심껏 가져오나.

* 교실꾸리대: 교실을 꾸미기 위해 필요한 물품을 구입하는 비용
** 협잡꾼: 사기꾼

다들 도시에 살아 농사짓는 사람이 별로 없는데 호미를 가져오라니…

나	진옥아 ~ 집에 호미 있니?
진옥	응
나	하나 더 없겠지?
진옥	우리 집에 호미 두 개다. 올 때 하나 가져올 게.
나	진짜? 고맙다. 역시 동미*밖에 없다.

진옥이가 가져다 준 덕분에 욕을 면했다. 1시간 정도 걸어 농장 밭에 도착하니 풀이 너무 많아 옥수수와 풀을 가려보기도 어려웠다. 농장원 한 분이 와서 김매는 법을 알려줬다.

농장원	여기 보믄 이렇게 길쭉하게 생긴 게 옥수숩니다. 그리구 옆에 풀들을 뽑을 때 그냥 끊어 버리기만 하면 또 자라니까 뿌리째 뽑아서리 여기 움푹 패인 곳에다가 눕혀 노믄 됩니다. 그래도 잘 모르겠다 하는 사람은 내한테 물어보는 되구요. 풀을 뿌리째 뽑으면 옥수수 뿌리가 망가질 수도 있으니께 뿌리 주위에 흙을 한 번씩 더 덮어 주시오.
학생들	예 ~~~
담임선생님	한 사람당 두 고랑씩 맡아야 되겠다. 여기서부터 줄 서봐라.

햇볕이 쨍쨍 내리쬐는 이 더운 날씨에 김을 매는 것도 억울한데 끝도 보이지 않는 이 긴 고랑을 한 사람당 두 줄이라니…

담임선생님	먼저 한 사람 순으로 집에 보낼 테니까 꾀를 쓰지 말구 제까닥 끝내

* 동미: 친구

구 가자.

나는 진옥이와 함께 네 고랑을 하기로 했다.

진옥	내 웃긴 얘기 해주까?
나	응.
진옥	하루는 어떤 안전원이 길을 가는데 어떤 집에서 막 싸우는 소리 나더라재. 그래서 안전원이 그 집 문을 막 두드렸더니 엄마 나오드라는기야, 그래서 '이 집 세대주 누구요?'하구 물어 봤더니 그 여자가 하는 말이 '우리두 지금 그것 때문에 싸우는 길입니다.' 하더라재 크크크
나	내 하나 해주까?
진옥	응
나	책에서 본 건데, 하루는 어떤 엄마가 있었는데 돈이 아까워서 화장도 아이하구, 미용실도 안 가다가 어느 날 갑자기 바람이 불어서 미용실 갔다재. 가서 파마도 하구, 옷도 사 입고, 화장도 하고 집에 들어가는데 마침 남편이 문 열고 나오더라재. 그래서 아무말 안 하구 남편 품에 안겼다는기야. 근데 남편이 하는 말이 '마침 집에 안해(아내)가 없소.' 그러드라재.
진옥	그럼 어쩌니?
나	어쩌긴 멀 어째, 죽은 목숨이지 크크크

수다를 떨다 보니 어느새 거의 끝을 향해 달리고 있었다. 조금만 하면 집으로 갈 수 있다는 생각에 열심히 진옥이의 뒤를 따랐다. 그때 금별이가 불만에 찬 목소리로 말했다.

금별   선생님. 내 고랑이 가다가 하나 더 생겠는데 어쩝니까?

선생님   어쩔 수 없지 무슨. 니 고랑에서 나온 긴데 니 해야지, 내보구 말하믄 어쩌라는기야?

금별   샘 가다가 고랑이 없어진 애들도 있는데 이거까지 내가 다 하믄 너무 불공평합니다.

선생님   정말 애도 아이구, 이제 4학년씩이나 됐다는 기 아직두 그런 일로 선생을 찾니?

실은 우리가 맡은 고랑도 하나가 다른 것과 합쳐져서 좋아했는데, 금별이는 하나가 더 생겨서 불만이다. 진옥이와 나는 혹시라도 선생님이 우리보고 하라고 할까 봐 고랑이 하나 없어진 사실을 비밀로 하고 조용히 웃었다. 하나가 생겼건 없어졌건 다 자기 운이니까...

덕분에 진옥이와 나는 맡은 과제를 제일 먼저 끝내고 집으로 돌아왔다.

정치군사학 시간

4학년에 올라오면서 컴퓨터를 비롯한 여러 가지 수업들이 새로 생겨났지만 그 중에서 내가 제일 좋아하는 시간이 '정치군사학' 시간이다. 정치군사학 시간에는 산에서 지도 없이 방향을 찾는 법, 먹는 물 알아내는 법, 밥솥 없이 흙으로 밥 짓는 법 등 다양한 것들을 많이 배우기 때문이다. 막 4학년이 됐을 때는 컴퓨터 수업이 있다는 말이 제일 반가웠지만 학교에 통틀어 컴퓨터가 5대 밖에 없는 데다가 2대는 고장이 났고, 3대가 있기는 하지만 전기가 잘 오지 않아 대부분의 컴퓨터 수업 시간에는 종이 자판을 책상 위에 올려놓고 타자치는 연습을 한다. 그러다 보니 기대했던 것과는 달리 지금은 컴퓨터 수업 시간이 제일 지루하고 재미 없다.

그래도 정치군사학 시간에는 산에서 밥을 지어 먹는 등 실습이 많아 지루하게 앉아 있는 다른 수업들보다 훨씬 재미있다.

정치군사학 선생님	다른 나라들과 비교해 볼 때 우리나라 지리의 특수성이 무엇인지 아는 사람?
학생들	.....
정치군사학 선생님	아니, 어떻게 4학년씩이나 돼 가지고 우리나라 지리적 특수성도 모를 수 있니야? 우리 나라에 가장 마이 있는 게 뭐이야?
학생들	석탄?... 약초?...
정치군사학 선생님	그래 약초는 어디 들에서 자라니?
학생들	산에서 자랍니다.
정치군사학 선생님	그래 바로 산이지? 앞으로 보나 뒤로 보나 산밖에 안 보이지 않니? 우리나라의 지리적 특수성은 바로 산이란 말이다. 그러니까 산에서 길을 잃었을 때는 어떻게 길을 찾아야 겠어?
혁철	음... 골짜기를 따라 내려오믄 됩니다.
정치군사학 선생님	그래. 그런 방법도 있지만 적들에게 포위됐을 때 골짜기로 내려갔다가는 포위되겠지? 산에 혼자 남겨졌는데 지도도 없고, 남쪽으로 가면 놈들이 있고, 북쪽으로 가면 아군이 있다. 그럼 어떻게 해야겠어?
학생들	북쪽으로 가야 합니다.
정치군사학 선생님	그러니까 북쪽을 어떻게 찾겠냐고? 은경이 한번 말해봐 ~~
나	음... 북두칠성보구 찾으믄 됩니다.
정치군사학 선생님	밤에는 그렇다 치고, 낮이라믄 별도 없는데 어떻게 찾지?
나	모르겠습니다. 헤헤헤
정치군사학 선생님	그럼 이번 시간에는 산에서 길을 잃었을 때, 지도나 나침반 없

이 동서남북을 가려 볼 수 있는 방법에 대해서 배우겠다. 산에서 길을 잃으면 당황하지 말고 나무를 잘 관찰해야 한다. 물론 조금씩 오차가 있기는 하지만 나뭇가지가 가장 많이 뻗어나간 부분이 남쪽일 가능성이 크다. 또 풀 같은 경우에도 잎이 많이 난 쪽이 남쪽이다.

선생님은 산에서 나침반이나 지도가 없이 동서남북을 알아내는 법과 사람이 마실 수 있는 물과 그렇지 않은 물을 구별하는 방법 등 다양한 방법에 대해서 알려주셨다. 기초가 없으면 따라가기 힘든 수학이나 영어와 달리 정치군사학 수업은 기초 없이도 그날그날 열심히 하면 잘 따라갈 수 있고, 또 실생활에 활용할 수 있어 아이들에게 인기가 많다. 또 실습 날에는 야외수업을 할 수 있어서 너무 좋고 기대된다. 토요일 오후 실습 시간에는 가마솥 없이 흙으로 밥 짓는 법을 배워준단다. 빨리 토요일이 왔으면 좋겠다.

은경이 일기

6월 이야기

어른을 위한 아동절

오늘은 6월 1일 국제아동절이다.

보통 때 같았으면 유치원이나 탁아소 어린이들이 등산이나 체육대회를 할 텐데 올해는 6.1절을 맞아 집단체조를 한단다. 그 어린 것들이 무엇을 안다고 집단체조에 동원시키는지 참...

학교를 오가면서 담 너머로 유치원 아이들이 훈련하는 모습을 지켜볼 때마다 마음이 아팠다. 기껏해야 만 6살인 아이들은 중앙에서 춤을 추는 선생님들의 동작을 따라 하느라 정신이 없어 보였다. 물론 개중에는 제법 잘 추는 아이들도 있었지만 어쩔 줄 몰라하는 아이들도 있었고, 전혀 따라하지 못하는 아이들도 있었다. 그때마다 선생님들이 고래고래 소리를 쳤고, 심할 때는 아이에게로 막 달려가 혼을 내고는 했다. 선생님들도 위에서 시키니 어쩔 수 없이 하는 일이겠지만 그래도 아이들이 너무 불쌍해 보였다.

그렇게 피눈물 나게 준비한 어린이 집단체조가 오늘 광장에서 진행된다. 진옥이와 나는 아이들이 공연하는 모습을 보기 위해 일찍 광장으로 향했다.

진옥	저번에 애들이 훈련하는 거 보니까 진짜 가슴 아프더라.
나	그러게, 근데 또 애처롭긴 해두 제법 잘 하는 애들이 많더라. 얼마나 깜찍하던지 가서 꼭 깨물어 주구 싶재.

진옥	제대로 따라 하지 못하는 아이들은 막 선생님들이 와서 때려 놓는데 좀 그렇더라…
나	그 어린 것들을 가르치는 선생이라구 어디 쉽개?
진옥	그래도 오늘이 공연 날이라니까 여태껏 고생한 보람이 있겠다.
나	응 우리라도 가서 열심히 봐주구, 박수두 마이 쳐주자.
진옥	그래 ~~~

　진옥이와 나는 다른 사람들보다 가장 앞자리를 차지해 앉았다. 10시가 되어 행사 개막식이 열리자 '세상에 부럼없어라'* 노래가 울려나오고 저 멀리에서 하얀 옷에 머리에는 리본을 달고, 빨간색 신발을 신은 아이들이 '만세~~~'라고 외치며 달려 나왔다. 자기 자리를 찾지 못해 어리둥절하는 몇 명의 아이를 제외하고는 다들 자기 자리에 찾아 섰다. 그리고는 잦은 발걸음으로 계속해서 '만세'를 외쳤다. 그 어린 것들이 얼마나 줄을 잘 맞추는지 정말 놀랬다.

진옥	야 저 줄 맞춰 선거 좀 봐. 우리보다 더 잘 맞추는 것 같다.
나	그러게. 그러느라 얼마나 연습을 마이 했개?

　돈 있는 집 부모들은 카메라를 들이대고 서로서로 자기 아이들의 모습을 찍느라 바빴다. '세상에 부럼 없어라' 노래가 끝나자 아이들의 집단체조가 시작됐다. 아이들은 여섯 살이라고는 도저히 믿기지 않을 만큼 동작들을 잘 수행해 나갔다. 정말 감탄이 절로 나왔다. 중간중간 무용반으로 보이는 아이들이 나와 동요도 추

---

* 세상에 부럼 없어라: 1961년 발표된 노래. 가사는 조선로동당과 수령의 품에서 행복을 누릴 수 있다는 내용이며, 이 노래를 통해 북한은 아이들에게 수령의 교시와 조선 노동당의 사상을 주입시키고 있다.

6월 이야기

고 집단체조 중심에서는 댕기춤*도 췄다. 엄마들은 서로 자기 아이가 어디 있는지 찾느라 정신이 없고, 아이를 찾은 부모들은 손뼉을 치며 응원했다. 노래에 맞춰 춤을 추는 모습들이 얼마나 귀엽고 사랑스러운지 모르겠다. 어려서 그런지 동작을 잊어 버려 허둥대는 모습도 너무 예뻤다.

진옥 야 ~~ 애들은 좀 힘들겠지만 그래두 보기는 좋다.

나 그러게, 우리 하는 것보다 더 잘하는 것 같애.

진옥 그니까 크크크

나 근데 애들은 얼마나 힘들개, 그리구 정작 자기들은 보지두 못하재? 뭐 어른들 좋은 노릇이나 했지 뭐.

진옥 그럼 머야? 아동절에 아이들은 힘들구, 어른들만 좋아하니까 아동절이 아이라 어른절이네?

나 그렇게 된 거지 뭐.

어찌됐든 아이들의 공연 덕분에 우리는 선물 같은 하루를 보낼 수 있었다.

단오 명절 축구경기

아버지 은경아 사람들이 모였는지 창문 내다봐라.

나 응?

엄마 오늘에 옆에 인민반 사람들이랑 축구한단다.

나 웬 축구?

* 댕기춤: 댕기를 이용하여 여러 동작을 하는 춤

아버지 오늘이 단오지 않니? 그래서 옆에 인민반 사람들이랑 축구경기 하기로 했다. 나와서 열심히 응원해라 알았지?

엄마 응원은 무슨... 작년에두 져가지구 돈만 버리구서는...

아버지 작년에 졌으니까 올해는 어떻게든 이겨야지. 그리구 또 지면은 좀 뭐이라니? 다 놀자구 하는 긴데 니 좀 그러지 말아라.

엄마 내한테 피해주지말구 놀믄 내 아무 상관 아이한다. 내 주머니서 돈이 나가니까 그러는 게지...

아버지 장사꾼 엄마 딸이 아이랄까봐 돈이라믄 왜 저렇게 무섭게 구는지 모르겠다. 니는 엄마 닮지 말아 응?

나 그러게. 나두 엄마 닮을까봐 무섭다 크크크

엄마 니네 둘이 뭉쳐봤자 별로 좋은 일이 없을 텐데?

나 잘못했다. 엄마 ~~~ 앞으로 엄마 편들게! 크크크

 단오명절에 옆 인민반 사람들과 축구 경기를 시작한 지가 그렇게 오래되지는 않았다. 이번까지 하면 세 번 정도 되는데 먼저 한두 번에서 모두 우리 아빠들이 졌다. 경기 상품은 두 인민 반에서 돈을 모아 산 개 한 마리다. 그 개는 이기는 쪽에서 가질 수 있지만 아빠네 팀이 두 번 다 지는 바람에 한 번도 가져보지 못했다. 엄마들은 해마다 지는데 또 무슨 경기를 하냐고 불만이 많지만 아빠들은 두 번의 참패를 만회하겠다는 굳은 의지로 불타고 있다. 경기가 시작 된지 30분이 지났지만 여전히 우리 아빠들이 지고 있었다. 전반전이 막 끝나기 5분 전에 겨우 한 골을 획득해 1:2가 됐다.

주일이엄마 하는 꼬락서니들을 보니까 이번에두 또 졌네.

엄마 그러게. 나는 애초에 기대두 아이 했다니까.

나 엄마 듣겠다.

엄마	들으믄 뭐이라니, 틀린 말 하는 것두 아이구 해마다 지지 않니?

저쪽 인민반에서는 자기네 팀이 이기는 눈치가 나는지 북과 꽹과리를 쳐가며 응원을 하고 있다. 하지만 후반전에 들어서는 전세가 역전되어 오히려 3:2로 아빠들이 이기는 쪽으로 가고 있었다. 이에 엄마들이 갑자기 기분이 좋아졌는지 열띤 응원을 시작했다.

주일이 엄마	저쪽에서는 북에다가 꽹과리까지 가지구 나왔는데 우리도 머 좀 해야 되재요?
엄마	어떻게 하지? 그럼 우리는 손풍금이라두 치자.
옥희 엄마	옥희야 ~~ 집에 가서 가마뚜껑 두 개 가져오나. 꽹과리 대신에 가마뚜껑이라도 두들기자 ~~

경기가 갑자기 역전되는 바람에 엄마들은 신이 났다. 별이의 손풍금 연주가 시작되자 동네 꼬마들이 전부 동원되어 춤을 추기 시작했다. 옥희가 정말로 가마솥 뚜껑을 가져오는 바람에 가마솥 뚜껑 연주도 함께 울려 퍼졌다. 옆에서 그 광경을 보고 있노라니 얼마나 웃긴지 모르겠다. 엄마들이 열심히 응원한 덕분인지 5:3으로 아빠네 팀이 이겼다. 상대편과 인사를 나누고 경기장을 퇴장하는 아빠들의 모습은 개선장군을 연상케 했다.

아빠	저쪽 인민반 사람들은 뭐한다니?
엄마	인민반장네 집에 모여서 논다는 것 같던데?
아빠	개고기 다 되믄 더러 좀 갖다줘라.
주일이 엄마	5, 6월에는 개고기 국물이 발등에만 떨어져도 약이라는데 국물이라두 한 그릇 가져다주기오.
엄마	저쪽 사람들이 이겼을 때는 국물 한 그릇 없었재?

| 아빠 | 그렇다구 똑같이 놀겠니? 별 것두 아인거 가지구 그러지말구 좀 갖다줘라. |

세 번째도 또 지면 아빠들 체면이 너무 한심해질까 봐 걱정했는데 이겨서 참 다행이다.

드라마 '아름다운 날들'

나	엄마 저기 남조선 영화 있다는데 보개?
엄마	제목이 뭔데?
나	'아름다운 날들'이라재.
엄마	재미있다니?
나	응. '천국의 계단'만큼 재밌다더라. 엄마 좋아하는 이병헌이 나온다재.
엄마	진짜? 어디 있다니?
나	24부작인데 한 번 빌려보는데 만 원이라재.
엄마	뭐 그렇게 비싸니? 돈 내구 볼 기믄 아이 본다.
나	엄마 그래서 있재, 설이네랑 같이 보자구. 두 집에서 나눠서 보믄 되재?
엄마	근데 소리 아이 나니?
나	설이네랑은 같이 봐두 된다.
엄마	그래 그럼 가져와 봐라.
나	엄마 근데 일주일 후에는 돌려줘야 한다재?
엄마	전기두 잘 아이 오는데 어떻게 보니?
나	발전기 돌레서 보믄 아이 되니?

| 엄마 | 요즘 휘발유 값이 얼만데... |
| 나 | 엄마 그래두 재밌다재 한번 보자 ~~ 응? 엄마 좋아하는 이병헌이두 나오는데... |

    이병헌을 좋아하는 엄마의 마음을 이용해 겨우 허락을 받아 냈다. 우리는 발전기를 돌려가며 '아름다운 날들'에 몰입하기 시작했다.

엄마	쟤네는 고아원 시설이 어떻게 우리 집보다 더 좋다야 ~~~
나	드라마니까 그렇겠지비. 뭐 진짜 그렇개? 우리나라두 빨리 손전화 쓸 수 있었으면 좋겠다.
엄마	그러게 말이다. 근데 쟤네는 뭐 먹어서 저렇게 잘 생겼을까?
나	남조선 여자들이 못 생겼다더니 다들 곱기만 하구만 무슨...
엄마	드라마에 나오는 여자들만 그렇지 일반 여자들은 못 생겼다재니.
나	그래두 다들 살결두 곱구, 키두 크재. 같은 민족인데 왜 우리 나라 사람들이는 키두 작구 살결두 까맣니?
엄마	잘 먹어서 그렇지머 ~~ 우리 나라 애들은 먹지 못해서 그런다.
아버지	조용해라 좀 보자. 너네는 무슨 드라마를 입으로 보니?
엄마	말두 못하니? 참 나...

    엄마와 나는 드라마에 나오는 인물들이나 환경에 대해서 이야기하기를 좋아 했지만 아빠는 딱 질색했다. 억양이 다른데다가 우리나라 말과 다른 말이 많아서 잘 알아듣지 못할 말들이 많다. 그래서 집중해서 듣지 않으면 이해가 잘 안 되는 부분이 많았다. 그래도 여자들은 잘 알아듣는데 남자들은 많이 어려워했다. 얼마나 열심히 봤는지 시계가 벌써 11시 반을 가리키고 있다.

엄마	너는 빨리 자라. 내일 학교 가야지.
나	안 가믄 되지 무슨 ~~
엄마	제정신이야? 드라마 본다구 학교 안 가는 기?
나	그럼 나는 어떻게 보니? 나는 보지 말라는 기?
엄마	암만 그래두 학교는 가야지.
나	안 돼~~~~!!!!

    드라마를 보지 말고 학교에 가라니…
  이 무슨 청천벽력 같은 소린지 모르겠다. 나는 울며불며 사정사정해서 겨우 엄마에게 허락을 받아 냈고 우리는 밤새 드라마를 봤다.

드라마를 보느라 아프신 아빠

  남쪽 드라마는 정말 중독성이 강하다. 그래서 한 번 보기 시작하면 끝까지 봐야지 그러지 않고서는 뒷 내용이 궁금해서 도저히 참을 수가 없다. 덕분에 우리는 어젯밤부터 한숨도 자지 못했다.

아버지	아침 아이하니?
엄마	지네는 드라마보구 내보구 아침 하라구?
아버지	알았다. 우리도 아이 볼 테니까 아침은 좀 먹자.
엄마	불 때다. 그럼 밥 할 게 크크. 근데 출근 안 할려구?
아버지	발전기를 내일까지 가져다주기로 했는데 어쩌니. 오늘까지 마저 다 보구 갖다줘야지.

엄마	근데 직장에다 말 아이 해두 되니?
아버지	은경아 ~~ 충혁이네 집 알지? 충혁이 아버지보구 오늘 내 아파서 출근 못 한다구 좀 말하구 와라.
나	예 ~~

얼마나 드라마를 집중해서 봤는지 일어나는데 어지러웠다.
나는 학급 친구들에게 들킬까 봐 조심스럽게 충혁이네로 향했다.

나	계십니까? 충혁이 아버지 있습니까?
충혁이아버지	어 은경이 왔니? 무슨 일이야?
나	우리 아버지 오늘 아파서리 출근 못한다구 좀 말해달라재미까.
충혁이아버지	응 알았다. 걱정하지 말라 그래.
나	예 ~~ 잘 있으시오.

충혁이 아빠와 우리 아빠는 같은 직장을 다닌다. 서로 근처에 사는 덕분에 충혁이 아빠가 출근을 못 하는 날이면 아빠가 대신 전해주고, 아빠가 출근을 못 하는 날이면 충혁이 아빠가 상사에게 전해준다. 물론 정말 아픈지 안 아픈지는 중요하지 않다. 하지만 상사에게 보고할 때는 최대한 정말 아파서 출근을 할 수 없는 상황이라고 보고해 준다. 그래야 다음에 자신에게 일이 생겼을 때 서로를 믿고 부탁할 수 있기 때문이다.

아빠	말했니? 뭐이라더이?
나	잘 말해 준다구 걱정하지 말라더라.
아빠	그래? 수고했다.

우리는 아침밥을 먹고 나서 계속 드라마를 봤다.

정말 '남쪽 드라마가 없었다면 무슨 재미로 세상을 살까?'라는 생각이 들 정도로 드라마는 내 삶에 소중한 영역을 차지했다.

엄마	말두 얼마나 곱게 하는가 좀 봐라. 우리처럼 투박하게 하는 기 아이라.
나	그래서 요즘 평양에서는 남한말 쓰는 게 추세라더라.
엄마	우리두 남한말 쓰믄 얼마나 부드럽구 좋을까.
나	엄마 그거 아니? 어떤 사람이 있재 누가 남조선 드라마 봤다고 신고해서 잡혀 갔다재. 그래서 안전원이 '야 니 남한 영화 봤지?' 하니까 '아이 봤습니다.' 라구 하더라재. 그랜기 안전원이 계속 물어보니까 '안 봤다니까요? 정말 안 봤다구요'라면서 남한말 했다재. 그래서 잡혀 갔다더라 크크크

요새는 남한 드라마의 영향으로 많은 아이들이 위생실을 화장실이라고 부르기도 한다. 남자 아이들 같은 경우에는 남한 영화에서 남자 주인공들의 헤어스타일을 따라하기에 바쁘다.

인민반 회의

인민반장	반회의 나오시오, 빨리들 오시오 ~~
엄마	은경아 반회의 니 좀 가라.
나	하... 엄마 좀 너무 하다는 생각이 아이드니? 이제 반회의까지 나를 보내니?
엄마	엄마 요즘 반장얼굴 보기 싫어서 그런다.

나	나두 보기 싫다.
엄마	대신 저녁에 라면 먹자.
나	진짜?
엄마	응 엄마 돈 줄 테니까 올 때 장마당 들려서 라면 싸와라.
나	아싸 ~~~

엄마가 라면을 사 준다는 말에 나는 흔쾌히 반회의에 참가했다.

인민반장	어지간히 모인 것 같으니까 세대별로 이름 한번 불러 보겠습니다. 이경철 세대, 김경수 세대, 장은철 세대
옥희	예
인민반장	너네 집은 또 니 왔니? 정말 인민반 회의까지 어린애들을 보내 놓구 내용이나 제대로 전달하겠는지 모르겠다 쯔쯔

반장이 말은 좀 얄밉게 하지만 그렇다고 반장 말이 틀린 말은 아니다. 반장 말대로 열 살짜리 애들이 인민반 회의에 참가해 회의 내용이나 제대로 알아 갈 수 있을지 참 답답한 일이다. 엄마들은 다들 뭐하고 아이들을 보내는지 참...
아니 그냥 와서 앉아있다 가면 될 것을 엄마들은 왜 그러는지 도대체 이해가 가지 않는다.

| 인민반장 | 오늘 회의 안건은 다른 기 아이구 자전거 도로 공사하는데 자갈 까는 문제 때문입니다. 여러분들도 잘 아시다시피 매번 동원 때마다 참가하는 세대만 참가하구, 안 하는 세대는 계속 빠지기 때문에 참가하는 사람들이 불만이 많습니다. 그래서 앞으로는 동원에 빠지는 세대들에 경제적 부담을 줄 생각입니다. 그래서 참가하는 사람들에게 간식거리라도 제공하거나 아니면 동원에 필요한 도구들을 |

	빌려다 쓰려구 하는데 어떻습니까?
인민반원들	좋소 ~~~ 그렇게 하기오 ~~~
인민반장	내일 자갈 까는 일도 그렇습니다. 어제 동원에 참가한 사람들은 알겠지만 우리 구간 전체에 자갈을 깔려면 개미전*으로 해서는 언제 다 채울지 모릅니다. 그래서 자갈을 싸서 넣던가, 아니면 소달구지를 빌려다가 달구지로 나르던가 하려고 하는데 여러분 생각은 어떻습니까? 우리 구간 전체를 채우려면 자갈이 동방호** 한 차 정도는 들 거 같은데, 한 차에 5만 원이랍니다. 그리구 소달구지 빌리는 데는 하루에 2만 원이라이까 의견들을 좀 내 놓으시오.
은희엄마	반장이 자갈을 차로 싸면은 우리 같은 집들은 무조건 돈을 내야 하재오? 우리는 돈이 없어서 일하러 가는 기 좋소.
인민반장	그럼 다른 사람들 의견은 어떻습니까? 다들 뒤에서 말하지 말구 이런 자리에서 각자 의견들을 내서 합의를 봅시다.

    반장 말대로 사람들은 항상 뒤에서 말하기를 좋아한다. 모두 함께 모였을 때는 말없이 가만히 앉아들 있다가는 결정이 나면 꼭 뒤에서 잘못됐다고 나무란다. 하도 나서기를 좋아하는 사람이니까 반장 자리를 지키고 앉았지 아무도 반장을 하고 싶어 하는 사람이 없다.

나	엄마 배고프다. 빨리 라면 끓여줘.
엄마	쇠고기 라면이 없더이?
나	응. 다 팔렜다재.
엄마	그럼 싸지 말지, 이런 거 싸왔니?

* 개미전: 기계가 없이 사람들이 소래나 마대 등 개별 도구를 이용해 일하는 것을 의미함.
** 동방호: 중국에서 수입된 5~10톤짜리 트럭으로 북한의 주요 운송수단으로 사용됨.

나	저번에 먹어 봤는데 그것두 맛있더라.
엄마	회의에서는 뭐이라니?
나	어제 자전거 도로 만드는 거 있재, 구덩이다가 자갈을 깔아야 하는데 반장이는 자갈을 한 자동차 싸다가 넣고 싶어 하던데 사람들이 반대해가지구 소달구지 쓰기로 했다.
엄마	소달구지는 어디서?
나	동원될 사람이 있는 집들에서는 사람이 나가구, 못 나가는 집들에서는 돈 내서 쓰기로 했다. 하루 쓰는데 2만 원이라더라. 우리는 어쩔 긴데?
엄마	얼마를 내라니?
나	그건 이따가 따로 알레주겠다더라. 우리두 그냥 돈 내구 말자.

정말 라면은 언제 먹어도 맛있다.
특히 냄비 뚜껑에 덜어 먹는 이 맛 ~~~ !!!

토끼소조 가입

담임선생님 풀과 고기를 바꿀 데 대한 당의 방침에 따라 우리 학교에서도 토끼를 키우기로 했다. 토끼를 많이 키워서 인민군대에 지원할 계획이다. 그래서 학교에서 학급별로 두 명씩 토끼소조[*]에 가입해야 하는데 지원할 사람? 참 토끼 소조에 가입하면 학교에서 진행되는 모든 작업들에서 일체 제외해 준다. 대신에 자기가 당번인 날에는 토끼들이 굶지 않게 토끼풀 해주면 된다.

* 소조: 동아리 활동과 같은 '그룹' 활동을 뜻함

모든 작업에서 제외된다니…
나는 이런 좋은 기회가 다시없을 것 같아 손을 번쩍 들었다.

나	선생님 내 하겠습니다.
담임선생님	당번 때마다 토끼풀도 줘야 하구, 토끼장 청소두 해야 한다. 쉬운 일이 아니니까 잘 결정해라. 또 한 번 가입하면 졸업할 때까지 해야 한다.
나	예. 그래두 하겠습니다.

당번이라 해 봤자 일주일에 한 번 정도 나가면 될 텐데, 오후 작업은 거의 하루도 빠짐없이 있으니 차라리 토끼 소조에 가입하는 것이 나을 것 같다는 생각에 나는 제일 먼저 가입했다. 실은 학교에서 오후 작업에 빠져도 되는 사람들이 있는데 바로 음악 소조다. 음악 소조 아이들은 음악선생님 책임 하에 악기나 성악을 배우는데 오후마다 학교에서 노래 연습이나 악기 연습을 해야 한다는 조건으로 모든 작업에서 제외된다. 물론 일반학생들보다 학교에서 제기되는 경제적인 부분들을 많이 부담하기는 하지만 그래도 음악 소조 아이들에 대한 아이들의 시선이 별로 좋지 않다.

음악 소조가 좋기는 해도 매일 오후마다 학교에 나와서 연습을 해야 하기 때문에 사실상 그렇게 자유롭지 않았는데 토끼 소조는 일주일에 한 번만 학교에 나와도 된다니 너무 좋다.

담임선생님	토끼 소조에 지원한 사람들은 사로청지도원실에 가서 모이고, 나머지는 집에 가라.

진옥이와 나는 사로청지도원실로 향했다. 누가 석기방귀*아니랄까봐 문장마다

* 석기방귀: 시대의 흐름을 파악하지 못하고 당에 대한 충성심으로 무장된 사람이나, 모든 일에 지나치게 사명감을 가지는 사람

장군님의 말씀이 들어가지 않을 때가 없다. 소조원이 지켜야 할 의무와 역할에 대해서만 알려주면 빨리 끝날 것을 말끝마다 장군님을 갖다 붙이는 이유가 뭔지 도대체 알 수가 없다.

진옥　야 그래두 앞으로 작업에 안 나와도 되니까 너무 좋다. 그치?

나　　그러게 말이다. 와 진짜 해방이다.

　앞으로 방과 후에 동원되는 모든 작업들로부터 자유로워진다니 정말 꿈만 같다.

전쟁이 일어나면

나　　엄마 6.25때처럼 진짜로 전쟁이 일어나믄 우리는 다 죽겠지?

엄마　전쟁이 왜 일어나니? 안 일어난다.

나　　혹시라도 일어나믄 어쩌니?

엄마　우리나라처럼 못 사는 나라들이나 전쟁하고 싶어 하지, 잘 사는 나라들은 전쟁 안 한다.

나　　근데 왜 못 사는 나라들에서는 전쟁하고 싶어 하니?

엄마　그것두 나라에서는 하고 싶어 안 한다. 백성들이 먹고 살기 힘드니까 아무래도 힘들게 살 바에야 전쟁이라도 하믄 어떻게 세상이 좀 달라질까 싶어서 괜한 희망을 한번 걸어 보는 기지비.

나　　그럼 남한 사람들은 전쟁을 하고 싶지 않아 하겠네?

엄마　당연하지. 걔네는 잘 먹구 잘 사는데 왜 전쟁이 하고 싶겠니?

나　　그래두 진짜 전쟁이 일어나면 우리 중국에라도 도망갈까? 근데 중

	국에서 우리를 받아 주지 않으면 우리 그냥 앉아서 죽니?
엄마	그럴 일이 없다. 걱정하지 말아라.
나	근데 TV보믄 맨날 전쟁하겠다구 그러재.
엄마	그래야 또 UN에서 뭐라도 주니까 그러지?

엄마 말이 맞았다.
자꾸만 우리나라에서 전쟁을 일으킨다고 할 때마다 UN에서든 남한에서든 지원이 들어왔다. 날마다 전쟁을 일으킨다고 하면서도 정작 실행에 옮기지 않는 것으로 봐선 엄마 말대로 정말 전쟁할 생각이 없는가 보다.

나	엄마 재미있는 이야기 해 줄까?
엄마	뭔데?
나	어떤 사람이 너무 먹고 살기 힘들어서 '전쟁이나 콱 일어났으면 좋겠다.'구 딱 말하고 딱 보니까 옆에 보위지도원*이 있더라재. 그래서 난 이제 죽었구나 싶었는데 갑자기 한 가지 좋은 생각이 딱 떠오르더라는 기야. 그래서 보위지도원을 못 본 것처럼 하구서는 '아무래도 우리 이길거' 딱 그러니까 보위지도원이 가만히 있더라재. 크크크
엄마	그러게다. 정말 전쟁이라두 콱 일어나서 죽든지 아니면 좀 잘 살았으면 좋겠다.
나	근데 엄마 전쟁이 일어나믄 우리 진짜 이길까? 우리나라에는 핵두 있재.
엄마	우리나라만 핵이 있다니? 다른 나라들이 우리나라 보다 훨씬 잘 사

* 보위지도원: 북한에서는 지역마다 담당 보위지도원이 있는데 이들은 주민들의 동향을 감시·통제하는 역할을 한다.

	는데 그 나라들에서는 그동안 핵을 아이 만들구 뭐 했개?
나	그럼 두 나라에서 다 핵 써버리믄 다 죽겠네?
엄마	그럴 지두 모르지...
나	엄마 나는 죽기 싫다. 아직 하고 싶은 것두 많은데 억울해서 어떻게 벌써 죽니? 우리 전쟁이 일어나기 전에 빨리 중국으로 도망치자.
엄마	걱정하지 마라. 우리 죽을 때까지 절대로 전쟁이 일어나지 않는다.
나	전쟁은 안 일어나더라두 소문 들어보니까 백두산에서 곧 화산이 폭발한다더라. 아마 백두산이 폭발하믄 우리 동네는 다 재가루 될기야. 엄마 백두산 폭발하기 전에 빨리 도망치자.
엄마	엄마는 죽는 게 하나도 무섭지 않다. 보람이 있어야지 무슨 살고 싶지 요즘 같아서는 차라리 화산이 폭발해서 다 죽어버리는 편이 낫겠다.

　나는 전쟁도 무섭고, 백두산이 폭발할까 봐 무섭다. 하지만 엄마는 정말 하나도 무섭지 않은가 보다. 이제 겨우 15살. 아직 해 보고 싶은 것들이 얼마나 많은데 억울해서 못 죽을 것 같다.

나	엄마 근데 사람들이 말하는 게 전쟁이 일어나도 함부로 핵을 쓸 수 없다든데. 그럼 전쟁이 일어나믄 우리 한테두 막 총 줄까?
엄마	줄 게 뭐야. 아마 총 주면 사람들이 남한군을 쏘는 게 아이라 안전원들이나 보위부 사람들을 다 쏴 버릴까 봐 못 줄기다.
나	하기는 남한 사람들은 우리한테 실질적인 피해를 주지는 않지. 근데 진짜 총 있으믄 저 안전원 새끼들을 쏴 죽이고 싶긴 하겠다. 크크크

정말 나한테 총이 있다고 해도 아무 죄가 없는 남한군을 쏠 것 같지 않다. 차라리 직위를 내세워 사람들에게서 돈을 뜯어내고 못살게 구는 안전원들을 쏴 죽이고 싶다는 생각이 들었다.

고사리 방학

담임선생님 내일부터 다음 주 월요일까지 고사리 방학이다. 학교 컴퓨터 사는 것 때문에 주는 방학이니까 끝나고 1인당 말린 고사리 3kg씩 내라.

학생들 아싸 ~~~ 방학이다.

　우리들 입장에서는 일주일 동안 방학이라 말 그대로 '아싸 ~~~'를 외칠 일일지 모르지만 엄마들 입장에서는 골치 아픈 일이다. 사실상 말린 고사리 3kg을 내라고 대 놓고 말하기가 그러니까 형식상 방학을 준 것이나 다름이 없다. 무슨 시골도 아니고 도시에서 자란 아이들이 고사리를 어떻게 뜯는단 말인가. 나만 놓고 보더라도 고사리가 어디서 자라는지, 어떻게 생겼는지도 모르는데 젖은 고사리도 아니고 말린 고사리 3kg을, 그것도 일주일 안에 해결한다는 것은 애시당초 말도 안 되는 일이다.

　작년부터 시작된 고사리 방학은 사실상 학생들에게 돈을 뜯어내기 위한 수단이다. 나라에서는 모든 학교에 적어도 컴퓨터 30대씩은 갖춰야 한다는 명령만 내려놓고, 아무런 지원도 해 주지 않고 하루빨리 컴퓨터 대수를 채우라고 들들 볶는다. 그렇다고 선생님들 자비로 컴퓨터를 사 놓을 수도 없으니 그 부담은 고스란히 우리가 지게 된 것이다. 아니 무슨 내라는 것도 적당해야지 날마다 돈 내라, 뭐 내라 해대니 엄마에게 말하는 것조차 미안할 지경이다. 가끔은 엄마에게 말 못할 때도 많다. 차라리 내가 선생님한테 욕먹고 마는 게 훨씬 나을 때가 있기 때문이다. 하지만 이번처럼 큰 금액을 내야 하는 경우는 조금 다르다.

나	엄마 우리 내일부터 고사리 방학이라재.
엄마	방학 안 받구, 고사리 안 내겠다구 해라.
나	아 ~~ 어떻게 그러니?
엄마	아니 고사리 방학 줬다메? 그니까 너는 그냥 학교 나간다구 그래.

학교 사정 뻔히 알면서도 엄마가 한 번씩 고집을 피울 때면 차라리 학교를 그만두고 싶을 때가 많다. 엄마의 심정이 이해가 되지 않는 것도 아니지만, 그렇다고 그게 내 잘못도 아닌데 괜히 나한테 화풀이를 할 때면 가끔 집을 나가고 싶을 때도 있다.

엄마	어떻게 된 게 맨날 내라는 게야?
나	나두 모른다. 엄마는 어째 계속 내보구 그러니? 차라리 학교를 보내지 말던가, 나두 학교 맨날 가구 싶어 가구, 내라는 소리 듣기 좋아서 듣는 줄 아니? 나두 선생이 뭐 내라구 할 때마다 진짜 신경질이 난다. 그래두 어쩌개.. 선생이 자기 쓰려구 그러는 것두 아이구, 선생이라구 맨날 돈 내라는 말 하는 게 좋개? 어쩔 수 없으니까 그러는 게지.
엄마	그렇게 남의 마음은 잘 헤아리는 게 엄마 마음은 왜 모르는지 모르겠다.
나	엄마 마음두 다 안다. 근데 낸들 어쩔 수 있니? 믿을 게 엄마밖에 없으니까 그러는 기지...
엄마	어이구 그런 믿음은 별로 필요 없다. 요새는 믿음이 부담이라는 거 모르니?

요새는 세상이 얼마나 힘들어지면 '믿음이 부담이고, 동정이 함정이다'는 말이 유행어가 되어 버렸다. 내가 아니더라도 돈이 들어가야 할 곳이 정말 많다는 사실을 잘 알지만, 정작 돈 나올 데가 엄마밖에 없다 보니 미안한 줄 알면서도 엄마에게 말할 수밖에 없다.

나도 빨리 학교를 졸업하고 돈 벌고 싶다. 내가 벌어서 쓰면 엄마한테 덜 미안할 텐데…

빨리 커서 스스로 살아갈 수 있는 날이 왔으면 좋겠다.

아파트 붕괴

나 엄마, 엄마, 엄마 ~

엄마 어째 그러니?

나 엄마는 사람이 부르면 대답해야지 왜 대답 안 하니?

엄마 한번 불러야지 엄마, 엄마, 엄마 그러든 내 왜, 왜, 왜 이래야 되니?

나 응 그래야지 크크크

엄마 왜 또 무슨 일인데?

나 그거 아니? 세관 앞에 7층짜리 아파트 허물어졌다는 거?

엄마 안다. 니만 아는가 해서 이 난리야?

나 아 ~~ 난 또 엄마 모르는가 해서 그랬지. 근데 사람이 마이 죽었다니?

엄마 나두 잘 모르겠다.

나 근데 왜 허물어졌다니?

엄마 집수리를 그렇게 미친 듯이 해 대는데 무너지지 않구 견디겠니?

나 하긴 그 아파트는 세관 다니는 사람들만 사니까 다들 갑부들이라

	서 집수리를 엄청했겠다.
엄마	그러다가 아파트 기둥을 잘못 건드려서 아파트 통째로 허물어졌다더라.
나	근데 엄마 거기서 막 중국 돈이 지함(박스)으로 막 나왔다던데? 진짜?
엄마	그랬다는 거 같더라.
나	야 그때 내가 딱 있었으믄 가서 주웠을텐데..
엄마	어차피 줏어 봤자 다 회수당할 텐데 뭐하러 그 짓을 하니?
나	왜 회수 당하는데?
엄마	중국 돈을 가지고 있는 거는 불법이니까 아마 거기서 돈이 아무리 많이 나와도 나라에서 회수해 갈기다.
나	그렇구나... 돈 잊어버린 사람들은 억울하겠다. 근데 그러면 그 사람들이 다 벌 받아야 하는 기 아이?
엄마	다 무너졌는데 누구 돈인지 어떻게 알고 처벌하니?
나	맞다. 엄마는 무슨 샬록홈즈같다. 어떻게 그리 잘 아니?
엄마	상식이다. 너두 책도 좀 읽고 공부 좀 해라.
나	음... 그래야지...

 그 아파트는 꽤 유명한 아파트여서 혜산시에서 살고있는 사람이라면 다들 알고 있다. 우리나라와 중국을 잇는 세관 바로 옆 아파트여서 세관 간부들이 많이들 사는 아파트다. 일반 사람들이 밀수를 많이 한다고 하더라도 세관으로 물품을 들여오는 것에 비해서는 큰 일이 아니다. 실제 중요한 물건이나 돈이 되는 물품들은 세관을 통해 넘어가고 넘어오기 때문에 눈 한번 감아주는 것으로만 해도 엄청난 뇌물이 들어온다. 그러다 보니 돈을 건사할 곳이 없어 중국 은행에 맡겨 둔다는 소문이 돌 만큼 부자들이 사는 아파트가 무너졌다니 돈을 주워보겠다고 아이

들이 그곳으로 달려가는 일이 어쩌면 당연할 지도 모르겠다.

나	엄마 우리두 땅집(단독주택)으로 이사 가자.
엄마	왜?
나	우리 아파트 사람들두 집수리한다구 구조 변경 엄청했는데, 7층 아파트처럼 무너지면 어떻게 하니?
엄마	그럼 죽으믄 되지. 엄마는 별로 살고 싶지 않다.
나	나는 살고 싶다고 ~~~ 엄마는 억울 하지두 않니?
엄마	뭐가?
나	맨날 하고 싶은 것두 못하게 하구, 입구 싶은 옷두 못 입게 하구, 하지 말라는 기 얼마나 많니? 게다가 맨날 동원에다가. 나는 내하고 싶은 거 다 하구 살아 볼 때까지는 억울해서 못 죽는다.
엄마	그런 날이 올 것 같니?
나	살다보면 언젠가 오지 않개? 크크크
엄마	통일이 돼두 그런 세상은 아이 오겠다.
나	그래두 오래 살다보믄 언젠가 온다. 엄마 희망을 가지자 크크크.
엄마	그래 니는 희망을 가지구 살아봐라. 엄마는 사는 게 별로 재미 없다.
나	안 된다. 엄마 죽으믄 내 무슨 재미로 세상을 살개? 안 그렇니?
엄마	날마다 엄마 속이나 태우면서 무슨...
나	그니까 엄마 속 썩이는 재미에 사는데, 엄마 죽으믄 안 되지 크크크

　엄마는 내 말을 농담으로 들었지만 나는 진심이었다. 정말로 우리아파트도 무너질까 봐 너무 겁이 났다.

살인사건

나	엄마 성후동인가? 암튼 거기서 살인사건 있었다재.
엄마	무슨 살인사건?
나	그게 조카가 이모를 죽였다는 가 그랬는데 돈 때문에 죽였다더라.
엄마	진짜?
나	응. 이모 혼자 사는데 돈이 많았는데 조카가 돈 빌려달라는 거 안 줬나봐. 그래서 꼭지 돌아서 죽여 버렸다더라. 칼로 찍어 죽였는데 위생실에서 시체 발견됐다더라.
엄마	세상에 ~~~ 이제 조카도 못 믿는 세월이니 무서워서 어떻게 살겠니?
나	근데 아무리 돈이 중요해도 그렇지 어떻게 자기 이모를 죽일 수 있을까?
엄마	돈이라면 못 할 짓이 있니? 나라도 팔아먹는 판국에 이모가 대수야?
나	아무리 그래도 그렇지... 나는 못할 것 같아 ~~

 우리가 한창 살인사건에 대해 이야기 하고 있을 때 옆집 주일이 엄마가 들어왔다.

엄마	어제 글쎄 살인사건이 있었다재오.
주일이엄마	나도 들었소. 범인이 조카라메?
엄마	그러게. 점점 자본주의화 되려고 이러는가 보오. 왜 우리 70년대 80년대에 남조선에서 돈 때문에 아버지를 죽였다느니 어쨌다느니 하는 기사들이 많았재오? 지금 우리 나라가 딱 그렇게 돼 가고 있다니까...
주일이엄마	그러게 말이오. 다른 나라들은 이미 다 밟은 절차를 우리는 이제 겨우 시작하고 있으니 자본주의화 돼서 잘 사는 세상이 오려면 아직두 얼마나 더 기다려야 하까?
엄마	남조선이랑 우리나라 경제 수준이 지금 딱 반세기 정도 차이 나는데, 그렇다고 50년이 지난다고 우리나라가 지금 남조선처럼 잘 산다는 보장이 어디 있소?
주일이엄마	앞으로 돈 때문에 서로 죽이고 죽는 일이 점점 더 많아지겠지?
엄마	아마도 그럴게요. 이럴 때 보면 돈이 없는 것두 얼마나 다행인지 모르겠다니까?
주일이엄마	맞다. 그 소문 들었소?
엄마	무슨 소문?
주일이엄마	저번에 무너진 7층 아파트를 중국에서 자기네 지어주겠다고 했다재오.
엄마	진짜? 정말 돈이 못하는 짓이 없구마. 이제 하다하다 중국에서 아파트도 지어 주네?
주일이엄마	나는 있재오 가끔 차라리 혜산시를 아예 중국에 넘겨 버렸으면 하는 생각이 막 든다니까. 책임도 못 지면서 부둥켜안고 있으면 뭐 함매? 차라리 우리라도 좀 마음 편히 살게 중국에 떼 주믄 좋겠소.
엄마	그러게. 그러믄 얼마나 좋겠소.

주일이엄마	요즘은 쌍가풀 수술을 하다못해 코 수술도 한답대. 함흥이랑 평양에서는 벌써 유행이 돼서 다들 콧날을 세우고 난리라재오. 거기다가 턱뼈도 깎아 준답대.
엄마	정말 요즘은 돈만 있으면 못하는 짓이 없다니까. 돈이 곧 권력이고, 권력이 곧 돈인 세상이니 참... 돈 없고 권력 없는 우리 같은 서민들이 어떻게 살겠소?
주일이엄마	그러게...

엄마 말대로 돈이면 못할 짓이 없다.
과거에는 소를 가지고 도망쳤다고 반역자요 뭐요 하던 정주영이도 돈 많이 벌어서 나라에 보탬이 되니 무슨 애국자마냥 떠 받들고 소를 앞세워 평양까지 방문하는 마당에 돈의 힘을 도대체 누가 부정하겠는가? 참 씁쓸하지만 현실이니 받아들일 수밖에 없는 세상이다.

반항공훈련

나	근데 이번 훈련은 왜 이렇게 늦게 한다니?
엄마	낸들 아니?
나	반항공훈련 어떻게 해? 산에 가? 아님 집에 숨어 있어야 해?
엄마	반장한테 말해서 경비로 남겨달라 했다.
나	그럼 우리 집에 있어두 되는거?
엄마	응 ~~
나	근데 그동안 뭐하고 있지? 뭐 볼 것두 없지? 내 진작에 빨리 왔어야 하는데...

해마다 8월 22일~26일 사이에 꼭 1박 2일씩 반항공훈련을 한다. 전쟁이 일어날 경우를 대비해 한 인민반에서 반장을 포함해 세 세대 정도 경비 서는 집을 제외하고는 전부 집을 비우고 어디론가 가야 한다. 경제적으로 좀 여유가 있는 직장들에서는 직원들과 가족들까지 모두 데리고 백두산 답사를 가거나 혹은 공기 좋고 물 맑은 산이나 강 근처로 놀러 가는 경우가 많다. 하지만 경제적인 여유가 없는 직장들에서는 개별적인 시간을 가지게 되는데 마음 맞는 사람들끼리 계획을 세워 놀러가기도 한다. 돈도 계획도 없는 사람들은 집에 가만히 숨어 있는 경우가 거의 대부분이라고 볼 수 있는데 학생들 같은 경우에는 학교에 모여서 1박 2일을 보내는 경우도 있다.

최근에는 경제 사정이 별로 좋지 않아 몰래 집에 숨어 있는 사람들이 많아 경찰들이 자주 마을을 수색하는 경우가 많아 조심해야 한다. 다행히 우리 집은 엄마가 경비원인 덕분에 숨어 있지 않게 됐다.

나	엄마 근데 12V텔레비*는 어디서 나?
엄마	빌레왔다.
나	뭐하게?
엄마	다 생각이 있어서 빌렜지 그냥 빌렜겠니?

엄마가 정확히 알려 주지는 않았지만 짐작 가는 일이 하나 있긴 했다. 정확히는 알 수 없지만 볼만한 CD를 구한 것이 틀림없다. 오후 2시가 되자 마을 전체가 쥐죽은 듯 고요해졌다. 가끔 인민반장과 경찰이 떠드는 대화만이 들릴 뿐 개미 한 마리 얼씬하지 않았다.

나	엄마 이제 빨리 보자.

---

* 12V텔레비: 12볼트 밧데리로 보는 텔레비전

엄마	뭐를?
나	내 다 안다. 엄마 내 없는 동안에 어디서 CD를 구해 뒀지?
엄마	어떻게 알아?
나	12V텔레비도 딱 빌려 놨는데 왜 모르개? 내 머저리 아인가 하재? 크크크
엄마	근데 요즘 순찰차 막 돌아다닌다던데 괜찮을까?
나	그것들이 돌아다녀 봤자지, 전기로 보는 것두 아이구 12V로 보는데 어떻게 알개? 탐지기로 잡는다는 것두 다 거짓말이다.

7시가 좀 넘자 정말 세상에 우리만 있는 것 같았다. 우리는 혹시나 창문으로 불빛이 새어나갈까 봐 두꺼운 담요로 창문을 가렸다.

엄마	밖에 불빛이 새 나가지 않게 똑바로 쳐라
나	응 엄마. 이 정도면 불빛이 나가지 않는다. 빨리 보자 ~~

엄마가 빌려온 CD는 한국영화 '개 같은 날의 오후'였다.* 첫 장면에서 가정폭력이 전개되어 엄마와 나의 분노를 자아냈다.

엄마	저거 봐라. 남조선이구 북조선이구 에미네(여자) 패는 저런 머저리들은 어디가나 있다니까.
나	그러게... 아랫동네 애들은 그래도 좀 다른 줄 알았더만은 아랫동네나 윗동네나 거기서 거기네.

엄마와 내가 한창 투덜대고 있을 때 영화에서는 본격적인 코미디가 시작됐다.

* 1995년도 영화. 34회 대종상 영화제 신인 감독상을 받은 작품

엄마와 나는 너무 웃겨 배가 끊어질 것만 같았다.

엄마	야 소리 낮춰라. 누가 듣겠다.
나	일없다. 이 정도 가지구 무슨...
엄마	야 ~~ 저거 봐라. 한국에는 경찰이 출동해두 어찌지 못하는 거. 우리 같앴으면 저런 거는 꿈도 못꾼다.
나	엄마 더 웃긴 게 뭔지 아니? 이게 완전 옛날에 나온 영화라는 게다. 옛날에두 저 정도였는데 지금은 더 좋아졌겠지?
엄마	그러게 말이다.

다른 사람들은 마냥 재미있게 봤을지도 모르겠지만 우리 모녀는 '개 같은 날의 오후'를 보는 내내 생각되는 점이 많았다. 엄마 말대로 여자들이 남자를 때린다거나, 또 경찰이 제발 내려와 달라고 사정을 한다거나, 남편들이 아침마다 부인들을 찾아와 하루일과를 전달받는 등 정말 우리나라 같았으면 상상도 못할 일들이 너무 자연스럽게 느껴졌다. 물론 영화인 것만큼 조금 과장된 경우가 있기는 하겠지만 그렇다고 영 터무니없는 이야기들을 다룰 것 같지는 않다는 생각에 영화의 주인공들이 너무 부러웠다.

나	엄마 우리두 한국에 가서 살까?
엄마	그게 마음대로 된다니?
나	엄마 은희네처럼 내 먼저 갔다가 엄마를 데리러 오면 오개?
엄마	제발 그랬으면 좋겠다.

엄마는 농담으로 받아쳤지만 나는 정말 진심에서 나온 말이었다.

개학

　방학을 시작한 지 엊그제 같은데 벌써 개강이라니... 참 어이없지만 그래도 이번 개강만큼은 은근히 기다려지기도 했다. 왜냐면... 그런 게 있다.

　내가 어떻게 생각하건 시간은 아랑곳없이 자기만의 규칙대로 잘 흘러간다. 등 굣길을 함께 걷는 아이들의 모습을 보니 한 달이라는 시간이 지났다는 게 실감이 난다. 방학 동안에 쌍꺼풀 수술을 했는지 몰라보게 예뻐진 아이들이 눈에 띈다. 몇몇 아이들은 아직 붓기가 빠지지 않아 마늘 한 쪽을 눈에 붙여 놓은 것 같다. 사람 얼굴이 1,000냥이면 눈이 800냥이라더니 정말 사람이 달라 보였다. 교실 문을 열자 진옥이가 조금 어색한 웃음을 지으며 나를 마중했다.

진옥	은경아 ~~
나	이햐 ~ 안 그래도 오는 길에 얼굴 못 알아볼 애들을 몇 봤는데 니까지 그럴 줄은 몰랐다.
진옥	어색하지?
나	아이다. 붓기 좀 빠지면 진짜 곱겠다.
진옥	자기 눈처럼 자연스럽게 될라믄 한 6개월은 있어야 한다재.
나	야 ~ 근데 진짜 몰라보겠다야. 크크크

진옥	안 그래도 챙피한데 니까지 좀 그러지마.
나	놀리는 게 아이구 진짜 고와서 그런다. 크크크
진옥	근데 니 가출 했었다메?
나	니 어떻게 아니?
진옥	말두마라. 니네 엄마 아침마다 찾아와서는 니 갈만한 데 없냐고 따지구, 물어보구 난리두 아이었다.
나	그래? 엄마 하도 괘씸하게 놀아서리 혼낸다구 할머니네 집 가 있었는데 별로 효과보지 못했다.
진옥	크크크

수업이 시작됐지만 저번 학기 진도가 어디까지 나갔는지 알고 계신 선생님이 별로 없다. 공부에 관심 있는 몇몇 아이들의 필기노트를 확인하고 나서야 진도를 이어갈 수 있다. 사실 우리 같이 공부에 관심이 없는 아이들에게는 진도를 이어 가든가 말든가 하는 것이 별로 중요하지 않다. 그보다는 방학 동안에 어떻게 지냈는지, 쌍꺼풀 수술은 어디서 제일 잘 하는지, 또 어디가 제일 저렴하게 하는지가 더 궁금했다.

나	근데 얼마에 해?
진옥	35원에 했다.
나	50원 한다구 들었는데, 눅게(싸게) 했네?
진옥	응, 아는 사람이 소개시켜줘서 좀 눅게 했다.
나	학교에서 봐서 그랬지 길에서 보믄 싸워두 모르겠다야. 크크크
진옥	자꾸만 놀리개?
나	정말 고와서 그런다니까?

진옥이는 마음이 정말 착한 아이다. 그래서 그 바다 같고, 진주 같은 진옥이의 마음을 얼굴이 미처 따라잡을 수 없다. 하지만 쌍꺼풀 수술을 하고 나니 예전에 비해 차이가 많이 준 것 같아 보기 좋다. 진옥이는 쌍꺼풀이 진 눈에 아직 익숙하지 않은지 부끄러움을 많이 탄다. 하지만 시간이 해결해 줄 테니까 크게 문제될 것은 없다. 붓기가 빠지고 눈이 점점 자기 자리를 잡기 시작하면 앞으로는 더 예뻐질 일만 남았으니까...

일사금

나	엄마, 우리 고사리대 내?
엄마	고사리대는 무슨, 돈이 없다.
나	아 ~ 어제는 첫날이라서 선생이 뭐이라 아이 했어도, 아마 오늘부터는 또 돈 내라고 지랄지랄 할텐데... 어떻게 하니?
엄마	그놈의 학교는 무슨 맨날 돈 내라니? 차라리 자본주의 나라처럼 월사금*을 내는 게 훨씬 낫겠다야, 이거는 무슨 일사금도 아이고...
나	일사금은 무슨, 내라고 할 때 제때제때 내면은 될 거를 제때에 내지 않고 계속 밀려서 내니까 그러지...
엄마	그렇게 똑똑해서 좋겠다. 그래 똑똑한데 왜 엄마한테 돈을 타 쓰는지 모르겠구나.
나	누가 똑똑하다니, 사실이 그렇다는 기지.
엄마	어쨌든 학교에 낼 돈이 없다.

* 월사금: 북한에서는 한국을 비롯한 자본주의 나라들에서는 학교를 다니기 위해 월마다 학교에 학비를 내야 한다고 알고 있음

아침부터 욕사발을 얻어먹어서 그런지, 밥을 먹지 않아도 배가 묵직하고 발걸음이 잘 떼어지지 않는다. 분명 오늘 총화시간에 방학에 학교에 한 번도 얼굴을 비추지 않은 것이며, 고사리대도 내지 않았다고 담임이 난리를 칠 텐데…

정말 오늘 하루를 또 어떻게 보낼지 눈앞이 캄캄하다. 차라리 학교에 가지 말까? 하는 생각이 다 든다. 하지만 그보다는 학교에서 뭐가 내라는 것만 있으면 눈에 불을 켜고 해 보는 엄마의 태도가 제일 이해가 가지 않는다. 결국에는 학교에서 내라는 것들을 전부 다 내면서도 투덜대는 이유가 도대체 이해가 가지 않는다. 이왕 줄 거면 제때 내면 서로가 좋을 것을 항상 제일 늦게 서야 내는 이유가 뭔지 참…

수업이 끝나기 바쁘게 독기를 잔뜩 품은 눈을 치뜨고 담임선생님이 교실로 들어왔다.

담임선생님　야 ~ 아직두 고사리대를 내지 않은 것들은 뭐야?

학생들　….(또 시작이다)

담임선생님　내 정말… 개학 첫날부터 불려다니며 욕 얻어먹어야겠니?
어제는 첫날이라서 참았는데 오늘도 빈손에 온 것들은 정말 사람 새끼 맞는지 모르겠다. 지금 당장 집에 가서 고사리대 가지구 최대한 빨리 나타난다. 알았니? 한 사람, 한 사람 이름을 부르고 싶지만 오늘까지는 참겠다. 양심이 있으면 가서 좀 가져들오나. 어디 개귀 띠같은 것들만 다 모여 가지구는…

선생님이 한창 열변을 토하는 도중에 갑자기 이모가 들려준 이야기가 생각났다. 이모가 중학생 때 담임선생님이 너무 착해서 아이들이 말도 잘 안 듣고 선생님 속을 엄청 썩인 적이 있단다. 참다못한 선생님이 어느 날 너무 속상한 나머지 학생들을 앉혀 놓고 '정말 동무들은 개보다 못합니다.'라고 하면서 막 우셨단다. 그때 학급에서 가장 장난기가 심한 학생이 제일 앞에 안장서 '멍멍, 멍멍'하고 개 흉내를 냈다는 이야기가 생각나 나도 모르게 웃음이 났다.

담임선생님	은경이! 선생은 열이 번져 죽겠는데 너는 지금 웃음이 나니? 어째 선생이 앞에서 혼자 열변을 통하는 꼴이 그렇게 재밌니?
나	아.. 아입니다.
담임선생님	그럼 왜 웃는데? 너는 지금 이 상황이 웃기니?
나	아.. 아입니다.
담임선생님	이게 다 선생 알기를 우습게 아니까 그러는 게 아이야? 너무 기막혀서 말이 다 안 나온다야! 너네랑 말해보겠다는 내 정말 한심하다. 앉아라.
나	샘. 잘못했습니다.

　선생님을 보고 웃은 건 아니지만 그렇다고 사실대로 말할 수도 없고 참…
　총화를 마치고 돌아서는 선생님 눈가에 눈물이 글썽한 모습을 보니 더욱 미안한 마음이 들었다. 나는 재빨리 선생님을 따라 나갔다.

나	선생님. 아까는 진짜 잘못했습니다.
담임선생님	됐다.
나	샘. 진짭니다. 예? 믿어 주시오~ 선생님 보구 웃었던 게 절대로 아입니다. 예?
담임선생님	됐다니까.
나	샘이 그러믄 내 또 마음이 아프재미까. 잘못했습니다. 다시는 절대, 절대로 안 그러겠습니다.
담임선생님	알았다.

　원래도 딱히 잘하는 건 아니지만 앞으로는 선생님께 좀 더 잘 해야겠다.

농촌동원에 대한 환상

정숙 야 근데 우리 농촌동원 언제 간다니?

진옥 아마 9월 말이나, 10월 초에 가지 않을까?

나   근데 4학년이랑 6학년 한 학급씩 조를 짜서 간다던데 우리는 어느 반이랑 가게 될까?

정숙 진짜? 그럼 음.. 난 6학년 2반이랑 갔으면 좋겠다.

진옥 왜?

정숙 6학년 2반에 전학생이 있재. 난 그 오빠랑 같이 가구 싶다 ~~~

    실은 나도 6학년 2반과 가고 싶었다.
    물론 6학년 2반 잘생긴 전학생 때문이기도 하지만 그보다는 광혁오빠나 정철오빠, 희연 언니 등 평소에 가깝게 지내던 사람들이 많기 때문이다. 첫 동원인데 이왕이면 좋아하는 사람들과 함께 가고 싶다.

정숙 그거 아니?

진옥 뭐를?

정숙 6학년 3반에 은희라구 곱살하게 생긴 애 있재?

나   응 안다.

정숙 걔 5학년 2반 선생님을 좋아해가지구 작년에 농촌동원 갔을 때 날마다 맛있는 거 만들어 주고 막 그랬다재.

진옥 에이, 설마 좋아해서 그랬개? 그냥 선생님이니까 해 줬겠지.

정숙 엄마? 머저리아이, 야 좋아하는 거랑 선생님인 거랑 어떻게 같니? 작년에 농촌동원 갔던 애들은 다 안다더라. 게다가 걔 선생님 좋아한다

	는 소문이 온 동네에 다 퍼져 가지구 한동안 학교두 못 다녔다재?
나	진짜? 하긴 5학년 2반 선생님이 좀 잘생기긴 했재. 크크크
정숙	아무리 잘생겼어도 늙다리에 떼박이*랑은 좀 그렇재?
나	나는 그래도 어린애들보다는 늙다리가 더 좋을 것 같은데?
정숙	늙은이 냄새 난다.
나	그래도 성숙한 사람이 멋있잖아. 친하는** 건 좀 그래도 보기는 좋더라.
정숙	나는 그래도 어린애들이 좋다. 크크크

 은희 언니가 선생님을 좋아했다는 게 사실인지 아닌지는 확실하지 않지만 5학년 2반 담임선생님이 쓸데없이 잘생기긴 했다. 아마 총각이었다면 전교 여학생들이 한 번쯤은 연정을 품었을 법한 외모다. 하지만 그래도 우리는 아직 학생인데 선생님을 이성적으로 보는 것은 위험한 생각이라고 본다. 어쨌거나 이야기에 이야기가 꼬리를 물며 한창 농촌동원에 대한 환상에 빠져 있을 때 설이가 교실 문을 열면서 소리쳤다.

설이	애들아 ~ 내 좋은 소식 하나 알려줄게.
진옥	뭔데?
설이	내 지금 교무실 앞을 막 지나다가 선생님들이 회의하는 거 살짝 들었는데, 우리 10월 1일날에 농촌동원 간다재?
정숙	진짜? 와 빨리 10월 1일이 됐으면 좋겠다.
진옥	근데 감자동원 간다니? 아님 호프동원 간다니?
설이	그건.. 잘 모르겠다. 여기믄 어떻구 저기믄 어떻니? 간다는 게 중요

* 떼박이: 유부남
** 친하다: 사귀다와 같은 의미

	하지.
진옥	우리 오빠 그러는기 호프동원가면 배두 엄청 고프구 게다가 호프에 알레르기 있는 사람들은 완전히 개고생한다더라.
나	진짜? 야 호프동원이믄 어찌니?
설이	휴 ~ 하늘이 도와주기를 기다려야지비. 오늘 저녁부터 다들 별님, 달님한테 빌어라. 제발 감자동원 가게 해달라구.
진옥	이미 다 결정 됐겠는데 빈다구 바뀌개?
설이	혹시 아니? 하늘이 우리 마음을 가엽게 여겨서리 도와줄지 크크크

  진옥이의 말대로 정말 호프동원이라면 큰일이다.
  감자동원은 그나마 감자라도 배불리 먹을 수 있지만 호프는 음식을 대신할 수 있는 게 아니어서 배도 고프고 일도 힘들다. 게다가 정말 알레르기라도 생긴다면…
  생각만 해도 끔찍한 일이다.

조선민주주의인민공화국 창건일(구구절)

  학생들은 교복에 교복치마, 어르신들은 정장에 치마저고리를 떨쳐입고 다들 거리로 나섰다.
  오늘이 바로 경애하는 수령 김일성 대원수님께서 세워주시고, 위대한 령도자 김정일 동지께서 빛내어 주시는 영광스러운 조선민주주의인민공화국 창건일이기 때문이다. 딱히 기쁜 날이 별로 없어 치마저고리를 떨쳐입고 거리에 나설 수 있는 유일한 날이기도 하지만 하루 벌어 하루 먹고 살아야 하는 사람들에게는 그야말로 사치다.

은경이 일기

나	엄마네는 오늘 기념탑 안 가니?
엄마	야 반장네 집 들러서 엄마 심장이 너무 아파서 오늘 못 갈 것 같다구 해라.
나	엄마 반동이 아이? 오늘 같은 날에 아프지두 않으면서 왜 아이 가니?
엄마	그래 엄마 반동이다, 옹근동인 니만 가서 충성심 발휘하구 오믄 되겠네…
나	반장한테 가서 다 말하겠다.
엄마	그래라.

역시나 우리 엄마답다.
내게 붙은 자유주의분자* 딱지가 아마 우연은 아닌 듯싶다. 대열을 맞춰 다니는 일이 딱 질색인데 행사 때마다 전교 학생이 대열을 지어 다녀야 한다. 그렇다고 나 혼자 떨어져 걸을 수도 없는 노릇이다. 우리가 기념탑에 도착하니 이미 많은 사람들이 와 있었고, 수령님 동상 앞에는 수많은 꽃다발과 꽃송이들이 놓여 있었다. 우리가 해설원의 안내에 따라 묵상도 하고, 해설도 들으며 형식적인 공식절차를 마치는 데까지 거의 2시간 정도 소요됐다. 그래도 명절이라고 놀러 가자는 친구들이 있었지만 오늘은 왠지 집으로 가고 싶다는 생각이 든다.
그래도 명절인데 혹시나 전기를 주지 않을까 싶은 기대도 있고 해서 행사가 끝나는 즉시 바로 집으로 돌아왔다. 물론 전기는 오지 않았지만 그래도 반가운 손님이 와 있었다. 내가 제일 좋아하는 철이 삼촌이 사병 몇을 데리고 집에 와 있었다. 철이 삼촌은 군인을 하기에는 너무나 아까운 외모를 가졌다. 게다가 심성이 착해 남한테 싫은 소리 한번 못하는 그런 사람이다. 다른 사람들이 보기에 가끔 바보 같을지 몰라도 나는 그런 모습이 너무 마음에 든다.

* 자유주의분자: 북한에서 조직행동에 잘 참여하지 않거나 정해진 규율을 위반하는 사람을 일컫는 말

나	삼추이, 언제 와?
삼촌	나 금방 와서, 너 어데 갔다오니?
나	나는 학교에서 행사 있어서리, 근데 왜 이렇게 오랜만에 와?
삼촌	요즘 엄청 바쁜데, 우리 은경이 볼라고 시간내서 왔지 뭐.
나	진짜? 와 좋다. 안 그래도 얼마나 보구 싶었는지 아니?
엄마	저저, 나이 몇인데 아직두 무릎에 앉아서 난리야.

지금은 그렇게 됐지만 사실 삼촌 무릎에서 지낸지는 꽤 됐다. 삼촌이 군에 막 입대했을 때부터 지금까지 7년 가까이 됐으니까 말이다. 게다가 제대하려면 아직 3년은 더 남았기 때문에 그동안 계속 무릎에서 지낼 수는 없지만 아직까지는 그렇게 많이 어색한 사이는 아니다.

엄마	어쩐 일이야? 전기를 다 주고
나	진짜?
삼촌	텔레비 보자. 기래도 오늘이 명절인데 뭐라도 하지 않카서?

기대했던 우리가 멍청한 걸까? TV에서는 경애하는 수령님과 장군님의 혁명 업적을 담은 기록 영화를 계속해서 방영했다. 강성대국 건설, 무릉도원 건설이 정말 어느 문장에서도 빠지지 않고 계속 흘러 나왔다. 도대체 강성대국이 무엇이길래 강성대국이라는 희망 하나 딸랑 던져주고서는 우리를 이토록 개고생 시키는지 모르겠다. 다들 말은 하지 않지만 강성대국이라는 단어가 TV에서 나올 때마다 나와 비슷한 생각을 하고 있었을 것이다. 삼촌도 그랬는지 자신과 함께 온 전사 한 명에게 질문을 했다.

삼촌	강성대국이 뭐이가?

전사　음... 잘 모르겠습니다.

삼촌　기래도 한 번 생각해보라. 강성대국이 뭐일까?

전사　음... 제 생각엔 강성대국이란 상점에서 주민들에게 쌀 가져가지 않으면 벌금 물리겠다고 하는 게 아입니까?

삼촌　그거이 뭔 소리야?

전사　사회주의 사회에서는 상점, 그러니까 국가에서 모든 의식주를 해결해 주지 않습니까? 긴데 집집마다 쌀이 너무 많아서 배급을 받아가지 않는 겁니다. 다시 말해서 다들 잘 사는 세상인거죠. 그게 강성대국 아니갔습니까?

삼촌　네 말 듣고 보니 그럴 듯 하다야.

　사실 당에서 강성대국, 강성대국 하니까 따라만 외쳤지 강성대국이 무엇인지 정의할 수 있는 것은 아무것도 없었다. 하지만 그 삼촌의 말을 듣고 나니까 강성대국이란 어떤 상태를 말하는지 대충 짐작할 수 있었다. 결국 강성대국이란 모든 국민이 잘 먹고, 잘 사는 말 그대로 지상낙원을 말하는 것이다. 그러나 우리는 다들 알고 있다. 우리가 살아 있는 동안에는 결코 그런 세상이 오지 않는다는 것을 말이다.

추석

엄마　일어나라, 빨리 일어나서 음식 하는 거 좀 도와라.

나　아 피곤해 죽겠는데...

엄마　조상님들한테 드리는 음식인데 투덜거리믄 죄 받는다, 빨리 일어나라.

나	조상님들 핑계대면 내 또 꼼짝 못한다는 건 어떻게 알구.
엄마	내, 니 엄만데 뭔들 모르개, 빨리 일어나서 지짐 좀 붙여라.
나	엄마 내 지짐 잘 못한다.
엄마	그래두 해 봐야지, 나중에 엄마 죽으면 어떻게 할려고?
나	엄마는 무슨 이런 날에 그런 소리 하니? 죽기는 왜 죽개? 백년 만년 살아야지.
엄마	엄마 늙은 담에두 그렇게 말하는지 보자.
나	당연하지, 근데 몇 개나 하믄 되니?
엄마	홀수로 맞춰야 하니까 한 7개 정도만 해라.

　지짐을 붙이고, 떡을 밀고, 생선을 굽고, 나물을 무치며 바빼 돌아가다 보니 어느새 시계는 8시를 향하고 있었다.

아버지	다 됐니?
엄마	응, 거의 다 됐다.
아버지	그러믄 은경이는 내랑 벌초하러 먼저 가자.
나	응, 잠시만 내 세수하구 같이 가자.

　해마다 추석 때면 벌초하러 아빠와 함께 제일 먼저 산소에 가곤 했다. 다른 가족들보다 먼저 산소를 찾아 낫으로 길게 자란 풀을 베고, 묘소 주변을 깨끗하게 정리해 놓고 기다리는 일이다. 사실 아빠와 단둘이 데이트를 할 기회가 그리 많지 않은데 추석이 있어 다행이다 싶을 때가 있다. 또 다른 날들에 비해 추석날 산소에 가는 길 만큼은 아빠가 얼마나 상냥하고 따뜻한 사람이 되는지 모른다. 아빠는 할머니와 할아버지 묘소 벌초를 끝내고 나면 항상 다른 사람의 묘소를 찾아가 벌초를 하신다.

9월 이야기

나	아버지 아는 사람이?
아버지	응, 여기는 아는 사람인데 이 사람은 누군지 모르겠다.
나	근데 왜 아버지 해주니? 여기는 오는 사람이 없니?
아버지	응 아들들이 멀리 이사 가서 못 오는 것 같더라. 그리구 한 사람은 아무도 안 오길래 그냥 다 같이 해주는 기다.

아버지는 벌초를 끝낸 후에 담배에 불을 붙여 묘소마다 한 대씩 놓아 주었다.

나	담배는 왜?
아버지	식구들이 올 때까지 심심하지 않게, 한 대 피우면서 있으라고 주는 게다.
나	아버지, 근데 어떻게 죽은 사람이 담배 피우지? 저거 봐! 불이 안 죽구 마치 사람이 피우는 것처럼 담배 타들어가는 거…

담배가 조금씩, 조금씩 타 들어가는 것을 신기하게 바라보고 있을 때 산 아래에서 제사 음식을 머리에 이고 올라오는 식구들의 행렬이 보였다. 나는 얼른 엄마에게 달려갔다.

나	엄마, 낸데 줘. 내 들게.
엄마	안 된다. 제사상에 올리는 음식은 처음부터 마지막까지 한 사람이 들어야 한다.
나	왜? 중간에 힘들면 어쩌니?
엄마	그러니까 들 수 있는 사람이 들어야지. 힘드니까 말 시키지 말구 빨리 걸어라.
나	무슨 안 되는 게 많기두 하다.

정말 제사상을 한 번 차리는데 얼마나 많은 규칙이 있는지 모르겠다. 어쨌거나 우리는 오래전부터 기다렸을 조상님들을 위해 정성껏 차려온 제사상을 올리고 진심을 다해 절을 올렸다. 할머니는 또 우리 가족들이 하는 일마다 잘 되게 해달라고 스님이 염불 외우듯 계속 외워대신다. 그래도 작년 한 해 아무 탈 없이 잘 지낸 게 어쩌면 할머니가 조상님들께 빌어준 덕분일지도 모른다는 생각에 애써 웃음을 참으며 경건한 마음을 유지했다.

나는 추석이 참 좋다. 아파트에서 나고 자라서 그런지, 추석날 산에 왔다 가면 옷에 들러붙은 풀들에서 나는 싱그러운 풀냄새, 운동화 사이로 스며든 희뿌연 흙냄새…

별로 많이 먹지도 않았는데 배가 부르고, 뭔가 느끼한 기분은 싫지만 그래도 산을 오르내린다는 것이 얼마나 신이 나는지 모르겠다.

농촌동원 공지

담임선생님   우리 농촌동원 장소 정해졌다.

학생들   우와 ~ 샘 진짭니까?

담임선생님   진짜지 그럼, 그렇게두 좋니?

학생들   당연하지 샘. 너무 좋아 죽겠습니다. 크크크

담임선생님   좋기두 하겠다. 어디 농촌동원 가서두 그러는지 한번 보자. 도망들이나 치지 말아라.

우리는 농촌동원을 가게 된다는 사실이 마냥 좋지만 선생님이나 어른들은 걱정이 이만저만 아니다. 일이라고 해 봤자 쓰레기 버리는 일이나, 가끔 학교에서 단체적으로 가는 김매기 몇 번이 고작인 아이들이 한 달 동안 하루도 빠짐없이 일을 해야 하는 농촌동원을 견딜 수 있을지 걱정이기 때문이다. 실제로도 매년 농촌동

원 때마다 힘든 일을 견디지 못하고 도망오는 사람들이 꽤 있다고 했다. 너무 많은 아이들이 도망가버리면 일할 사람이 없어 몇몇을 파견해 다시 잡아가기도 한단다. 하지만 농촌동원에 대한 환상으로 가득 찬 우리에게 그런 이야기들은 우리와 상관없는 아주 먼 이야기로 들릴 뿐이다.

설이   우리 어디 갑니까?

담임선생님 대홍단군이다.

정숙   와 ~ 대홍단 가보구 싶었는데 잘 됐다.

담임선생님 잘 되기는 무슨 얼마나 멀고, 또 할 일도 많은데...

  대홍단군...
  우리 고향은 워낙 감자고장이라 소문이 나 있지만 그 중에서도 대홍단군이 특별하다. 전국에서 감자농사를 가장 많이, 잘 하는 곳이기도 하고 장군님의 배려 아닌 배려 속에 외국에서 들여온 다양한 종들이 재배되는 곳이다. 그만큼 할 일 역시 많겠지만 그에 못지않게 력사가 있는 땅이기도 하다.
  량강도는 워낙 날씨가 추워 벼농사는 물론 제대로 된 과일나무 하나 자랄 수 없는 곳이어서 옛날부터 유배지로 유명한 곳이었다. 그러다 보니 인구도 별로 없고, 특히나 감자 농사를 짓겠다고 지원해 오는 사람들은 더더욱 없어 나라에서 제대군인들을 강제로 집단 진출을 시켰다. 그 사람들 입장에서는 10년 넘게 군사복무를 한 것도 억울한 일일 테지만 장군님 말씀이라니 어쩔 수가 없다. 언제인지 딱히 기억이 나지는 않지만 거의 모든 제대군인들을 전부 대홍단에 몰아넣었던 해가 있었다. 물론 집도 지어주고, 제대군인들에 한해서만 특별히 배급도 주고, 또 TV, 이불, 옷 등 가정에 필요한 모든 물자들도 나라에서 지원해 주긴 했다.
  하지만 TV나 이불, 옷 등은 나라에서 지원했을지 몰라도 그들이 살 집을 짓는 것은 전부 우리들 몫이었다. 막말로 내 집 담을 수리할 자재도 없는데 남이 살 집을 짓는데 필요한 자재를 주민들한테 걷어 간다니... 그렇다고 장군님의 말씀을 관철하는 일에 모른 척할 수도 없는 노릇이다. 그렇지만 우리가 아무리 힘들다 한들 평생을 강촌에서 썩어야 할 제대군인들에 비하면 감히 억울하다 말할 수 없었다.

그들이 처음 그 땅에 정착했을 때는 정말 모두들 신이 났었다. 사실 제대를 하고 나면 사회생활을 하는 데 익숙하지 않아 걱정이 많았을 텐데 나라에서 집도 주고, 배급도 주고 한다니 시골생활을 해야 한다는 점만 빼면 그리 나쁘지는 않은 조건이었다. 하지만 이 모든 배려는 딱 거기까지였다. 그 이후로 그들에게 차려지는 것은 오직 일, 일뿐이었다. 거의 강제노역 수준의 힘든 노동을 견디지 못해 도망가는 사람들도 하나둘 늘어나기 시작했다. 게다가 당의 부름을 받들고 농촌으로 진출하는 남성들을 위해 결혼을 선택했던 여성들도 하나둘 떠나기 시작하면서 그야말로 엉망진창이 됐던 때가 있었다.

최근 들어서는 어느 정도 진정이 되어 있다고들 하긴 하지만 아직도 적지 않은 사람들이 마음의 동요를 겪고 있다고 한다. 그래서 그런지 대홍단에 꼭 가보고 싶다. 아마 대홍단에 가보고 싶다는 다른 아이들도 나와 같은 이유 때문이 아닐까 싶다. 어쨌거나 말로만 듣던 그 유명한 대홍단으로 하루도 아닌 한 달을 가게 됐다니 너무 좋다.

담임선생님   자 다들 정신 차리고, 준비물 철저히 준비할 것, 알았니?

학생들   예 ~

담임선생님   준비물 잘 안 가져가믄 가서 그만큼 고생하니까, 특히 여학생들! 괜히 식 피운다*구 이상한 것들 가지구 가지말고, 꼭 필요한 것들만 가져 온나. 어차피 가면 힘들어서 언제 식 피울 시간두 없다.

하지만 아무도 선생님 말을 듣는 학생이 없는 것 같다. 그 말을 듣기에는 우리 기분이 너무, 아주 많이 들떠있기 때문이다.

* 식 피운다: 멋 부리다와 같은 뜻.

농촌동원 준비

엄마   나중에 후회하지 말고 엄마말 들어라.

나   후회 안 한다니까, 엄마 좀…

아니 도대체 내가 어딜 봐서?…
엄마는 내가 일주일도 못 버티고 도망오게 될 거란다. 아니 거의 20년 가까이 키운 딸을 그렇게도 모르다니… 엄마가 자꾸 그런 말을 하니 어떤 일이 있어도 한 달을 채우고야 말겠다는 오기까지 발동한다.

엄마   갔다가 힘들다고 아무리 징징대도 엄마는 모른다. 알았니?

나   내 일없다는데 엄마는 왜 자꾸만 그런 말만 하니? 그리구 농촌동원 빠지믄 휘발유 15kg 내라는데 그거 낼 꺼면 차라리 동원 가겠다.

엄마   누가 니보구 내라니? 엄마 낸다니까, 그리구 준비하는데 드는 돈이면 차라리 그거 내구 안 가는 게 훨씬 낫지.

나   싫다. 애들한테 같이 가자구 했는데 어떻게 내만 빠지니?

엄마   걔네두 아마 안 갈걸?

나   엄마 첫 동원이자나, 그리구 이미 다 간다구 결정이 났는데 왜 자꾸 그러니?

엄마   어쨌든 한 달이 지나기 전에는 절대로 집에 안 받아 줄 테니까 그렇게 알아라.

나   응, 내 밖에서 꽃제비 치는* 한이 있더라도 절대 집에 안 올게!

* 꽃제비 치다: 일정한 거처없이 떠돌아다닌다는 뜻

아니 본인이 괜찮다는데 결사코 반대하는 엄마를 이해할 수 없다. 나는 투덜투덜하면서도 선생님이 적어준 준비물을 하나하나 체크해 배낭에 넣었다.

- 준비물
지하족*, 세멘도구(치약, 칫솔, 세숫비누, 세수수건), 상비약, 모자, 작업복, 간식, 흰쌀 3kg, 잡곡 3kg

나	엄마 집에 지하족이 없니?
엄마	없다.
나	어쩌지? 일할 때 지하족 신어야 한다는데...
엄마	장화 가져가라. 일하다 보면 계속 더러워질 텐데 장화는 저녁에 씻어두 아침에는 마르재니.
나	아 맞다. 역시 엄마는 천재다. 크크크 근데 위생대는 어떻게 하지? 남자들이랑 있는데 어떻게 빨아서 쓰지?
엄마	장마당 가서 대동강** 싸서 가라. 그리고 그 쪽에는 날이 여기보다 더 추우니까 두꺼운 옷 가져가구, 모자도 가져가라.

생각 같아서는 오늘이라도 당장 떠나고 싶을 만큼 설레고 기대된다. 게다가 6학년 2반과 같은 곳에 배정받아 얼마나 좋은지 모르겠다.

나	엄마 간식은 어떻게 할까?
엄마	은철이네 가서 사탕 1kg, 과자 1kg 달라 해서 가져가라.
나	그거 한 달 동안 먹으라고?

* 지하족: 일할 때 신는 노동화로, 주로 군인이나 노동자들이 신는다.
** 대동강: 북한에서 만드는 일회용 생리대로 '대동강 위생대'를 말함

| 엄마 | 그거믄 되지 무슨, 그리구 속도전가루* 3kg에 사탕가루** 1kg 섞어서 가져가라. 배고플 때마다 물 좀 넣고 반죽해 먹어라.
| 나 | 아 창피하게 속도전가루를 어떻게 가지구 가니?
| 엄마 | 창피한 게 대수야? 배고픈 것보다 훨씬 낫지. 속담에 사흘 굶은 량반이 없단다.

뭐 좀 창피하긴 하지만 엄마 말대로 배고픈 것보다는 나을 것 같다. 아직 이틀이나 남았지만 지금 당장 떠날 것마냥 짐을 다 꾸렸다. 그저 배낭을 들고 나가는 순간이 빨리 왔으면 좋겠다.

* 속도전가루: 옥수수로 만든 뻥튀기 가루로, 이미 익혀져 있기 때문에 다시 익힐 필요 없이 찬물에 반죽해서 먹을 수 있다.
** 사탕가루: 설탕

농촌동원의 낭만

　오늘이 일을 시작한 지 꼭 3일째 되는 날이다.
　첫날에는 어제까지만 해도 허리 아프다느니, 다리 아프다느니, 손에 물집이 잡혔다느니 정말 어느 한 곳 편하다는 사람이 없더니 오늘부터는 적응이 됐는지, 아니면 지쳐버린 건지 아무도 우는 소리를 하지 않는다. 또 오늘 저녁부터는 여학생들도 밥을 제법 먹기 시작해 내일부터는 밥을 더 많이 해야 할 것 같다.
　선생님 말대로 나가서 일하고 오는 아이들을 보니까 식모가 훨씬 편하다는 생각이 들기도 하지만 하루에 거의 20~30kg 정도의 감자를 깎는 일은 정말 지옥이 따로 없다. 우리는 저녁을 먹고 난 후에 내일 아침분의 감자를 깎기로 했는데, 정숙이가 좋은 아이디어를 생각해 냈다.

정숙	은경아 ~ 우리 남자들한테 감자 좀 깎아 달라고 부탁해 볼까?
나	애들도 일하구 들어와서 힘이 들 텐데, 괜찮을까?
정숙	한 번 말해 보고, 해주면 좋고 안 해주믄 어쩔 수 없지뭐 ~
나	그래야 밑져야 본전이라는데 한번 말해 보자 ~

　정숙이와 나는 학급장을 찾아가 도움을 청했다.

하지만 우리가 기대했던 것보다 훨씬 좋은 결과가 나타났다. 웬일로 학급 반장이 남학생들을 상대로 매일 감자 깎는 일을 도와주는 당번을 정해줬다. 하루에 2명씩 다음 날 아침 준비를 도와주기로 한 것이다. 정숙이 덕분에, 아니 학급반장 덕분에, 아니 쉽게 응해준 남학생들 덕분에 오늘부터는 감자 깎는 일에서 어느 정도 해방될 수 있다니 기분이 날아갈 것 같다.

저녁을 먹고 난 후에 여학생들은 설거지를 도와주고, 남학생들은 감자 깎는 일을 도와주니 일이 훨씬 일찍 끝나 정숙이와 나에게도 여유시간이 찾아왔다. 어제까지만 해도 감자를 깎는다고 아이들과 놀지 못했는데, 오늘부터는 마음껏 놀아도 될 것 같다. 우리는 얼른 부엌일을 마무리해 놓고 밖으로 나갔다. 가을이라서 그런지 해는 벌써 사라지고 까만 하늘에 다이아몬드를 박아 놓은 듯 별들이 반짝이고 있었다.

정숙　　야 은경아 하늘 봐봐, 별이 진짜 곱지 않니?
나　　와 ~ 정말이네, 진짜 곱다야 ~

우리가 한창 별구경을 하고 있을 때 어디선가 기타 소리가 들려왔다. 기타 소리를 따라가 보니 6학년 2반 정철 오빠가 기타를 치며 노래를 부르고 있었고, 그 주위로 남학생과 여학생들이 둥그렇게 모여 앉아 있었다.

정철오빠　　♪ 이른 아침에 잠에서 깨어 너를 바라볼 수 있다면
　　　　　　　물안개 피는 강가에 서서 작은 미소로 너를 부르리
　　　　　　　하루를 살아도 행복할 수 있다면 나는 그 길을 택하고 싶어
　　　　　　　세상이 우리를 힘들게 하여도 우리 둘은 변하지 않아*

허스키한 목소리에 기타까지 치면서 노래를 부르는 모습에 많은 여학생들이 침

---

* 김종환의 '사랑을 위하여' 중에서

을 흘리고 있었다. 그냥 기타만 잘 쳐도 멋지게 보이는데, 노래까지 잘 부르니 더 멋있다. 우리는 오빠에게 하나만 더 해 달라고 계속 부탁했고, 오빠는 못 이기는 척 우리의 청을 들어주었다.

전기가 없어 앞에 앉은 사람을 잘 가려보기조차 어려울 정도로 새까만 하늘의 별을 조명 삼아 오빠의 노래를 들으니 정말 천국이 따로 없는 것 같았다. 또 과거에 봤던 남한 드라마의 장면들도 파노라마처럼 지나쳐 갑자기 마음이 산란해짐을 느꼈다. 농촌동원에 오길 정말 잘했다는 생각도 든다.

6학년 2반 담임선생님 야 ~ 너네 거기서 뭐하니? 빨리 자야지 내일 또 일하러가지? 다들 자기숙소로 빨리 들어가라!

조금 아쉽지만 선생님이 들어가라니 할 수 없다.
하지만 또 그렇게 아쉬울 것도 없다. 우리에게는 앞으로 25일이라는 저녁이 남아있기 때문이다.

당창건 기념일

오늘은 조선민주주의인민공화국 주석, 우리 당과 우리 인민의 위대한 수령이시며, 절세의 위인이신 김일성 대원수께서 일본제국주의자들을 몰아내고 영광스러운 조선로동당을 창건한 날이다. 덕분에 오늘 하루만큼은 우리도 자유를 만끽할 수 있게 됐다. 게다가 명절이라고 우리가 소속된 작업반에서 돼지고기와 식재료들을 가져다주어 일거양득인 셈이다.

개파리 야 오래 살믄 돼지 앞전하는 거 본다더니, 고기국 먹는 날이 다 오네 크크크

담임선생님 저, 니 머이라구? 오늘이 무슨 날이야?

학생들　　　당창건 기념일입니다.

담임선생님　니 오래 살아서 먹는 게 아이구, 명절이라서 먹는 기다.

개파리　　　그니까 샘, 내 말은 우리 수령님과 장군님의 크나큰 사랑과 관심 속에 오늘 이렇게 고깃국도 먹게 됐다 이 말입니다.

담임선생님　말이나 못했으믄…

개파리　　　어쨌든 오늘 또 이렇게 그동안 쌓였던 목에 때를 한번 쫙 벗겨 보겠습니다.

　역시 개파리다운 임기응변이었다.
　나 같았으면 당황해서 아무 말도 못했을 것을 그렇게 잘 받아치다니 정말 놀라지 않을 수 없다. 그 실력을 공부할 때 발휘했으면 아마 김일성 종합대학은 눈 감고도 들어갈 수 있을 텐데 공부에는 영 취미가 없다는 점이 아쉽다.
　어쨌거나 농장에서 내어준 고기로 국을 끓이기는 했지만 말이 고깃국이지 사실상 돼지가 장화신고 건너간 물이나 다름이 없다. 국물 한 그릇에 기껏해야 고기가 두세 점 밖에 뜨지 않았다. 그럼에도 아이들은 맛있다고 후룩후룩 잘들 들이킨다. 하긴 열흘 동안 기름 한 방울 변변히 먹지 못했으니 그럴 만도 하다.

6학년 2반 담임　야 어제 저녁에 보위지도원한테 걸린 사람이 누구야? 우리 반에 광혁이랑 같이 있었던 사람 말이다.

　아 드디어 올 것이 왔구나 싶었다. 말할까, 말까 고민 끝에 정숙이와 내가 손을 들었다.

6학년 2반 담임　너네 따라 나와.

　6학년 2반 샘은 정철오빠와 우리 둘을 세워놓고 큰일이나 난 것처럼 야단을

쳤다.

6학년 2반 담임	너네 어제 상황 말해 봐라.
정철오빠	뭐 말입니까?
6학년 2반 담임	보위지도원이 그러는데 너네 어제 저녁에 남조선 노래 불렀다던데?
정철오빠	아입니다. 남조선은 무슨… 아이 우리 남조선에 가보지두 못했는데 어떻게 남조선 노래를 안답니까?
6학년 2반 담임	바른대로 말 못하니?
정철오빠	진짭니다.
6학년 2반 담임	너네 말해봐, 정말이야?
나	예, 오빠 말이 맞습니다. 우리 그냥 엄마 생각이 나서 엄마 노래 부르구 있는데 그 사람이 입에서 술 냄새 풀풀 풍기면서 와서 난리쳤습니다.
6학년 2반 담임	좋다, 그럼 잘못한 것두 없는데 왜 도망갔니?
정철오빠	아이 그 사람이 술 잔뜩 먹구 와서 우리한테 깡치파니까* 괜히 선생님 불러와 봤자 시끄러워질까봐 그냥 도망친 겝니다.
6학년 2반 담임	진짜지? 니네 나중에 딴소리 했다가는 죽는다?
나	진짜라니까…
6학년 2반 담임	그래도 임마, 어른이 담임 데려오라면 데려왔어야지, 농촌에서 보위지도원한다고 우습게 보이냐구, 너네 다 데려다가 비판서** 쓰게 하겠다구 난리다.

* 깡치파다: 주정부린다는 뜻
** 비판서: 반성문

정철오빠	샘 진짭니다. 우리 남조선 노래 아이 불렀습니다. 아이 솔직히 부르구 싶어두 알아야 부르잽니까? 모르는데 어떻게 부릅니까?
6학년 2반 담임	어제 그 사람이 술 마신 게 다행인 줄 알아라. 그리구 이번만 봐준다? 다음에 걸리믄 알지?
우리	예 샘 ~ 크크크 다시는 절대 노래 아이 하겠습니다.

하마터면 당창건 기념일날 감옥으로 갈 뻔 했지만 정철오빠 덕분에 겨우 살아났다. 앞으로는 좀 조심해야겠다.

감자서리

집을 떠난 지 거의 한 달이 되어가니 가지고 떠났던 간식은 물론 용돈도 다 떨어졌다.

아침, 점심, 저녁 배불리 챙겨주기는 하지만 그래봤자 감자박살탕*만 매일 같이 먹어야 하는 데다가 기름이 들어간 음식이라고는 구경하기도 어려우니 먹어도 먹어도 허기가 진다. 여자인 나도 이런데 남학생들은 아마 더 허기가 질 것 같다.

그러거나 말거나 농장에서는 계속해서 우리에게 일감을 내어준다. 오늘도 어김없이 힘찬 하루를 보내고 숙소로 돌아왔다. 일을 해서 그런지 식모로 일할 때보다 훨씬 배가 자주 고프다. 정숙이와 나는 얼른 씻고 식당으로 향했다. 식모로 일할 때는 냄새만 맡아도 구역질 나던 장국이 그렇게 맛있을 수가 없다. 보는 눈만 없으면 한 그릇 더 먹고 싶지만 체면상 한 그릇만 먹었다. 아쉬움을 뒤로하고 식당을 나오는데 개파리가 불렀다.

---

* 감자박살탕: 북한 량강도의 대표적인 서민음식. 얇게 썬 감자를 냄비 맨 아래에 깔고, 보리쌀을 얹은 뒤 또다시 감자를 얹는다. 밥이 될 만큼 물을 넣고 30~40분간 끓여 만든다.

개파리	은경아~
나	왜?
개파리	우리 저녁에 감자 습격* 갈까?
나	엥? 그러다 들키믄 어쩌려고?
개파리	그니까 안 들키게 해야지.
나	어떻게?
개파리	내, 철이, 혁이, 철혁이 이렇게 네 명이서 감자 습격 갈 테니까, 너는 여자 한 두명 정도 데리고 와서 사람이 오는지 망 좀 봐 주개?
나	근데 감자 훔쳐서 먹게?
개파리	아이, 머저라 그거 왜 먹니? 저기 아랫동네에 감자랑 간식거리 바꿔주는 데 있다재. 그래서 거기 가서 먹을 거랑 좀 바꿔 올려구. 우리는 먹을 게 이미 다 떨어진 지 오래다. 돈두 없지, 담배는 피우고 싶지, 어떻게 방법이 있니?
나	야 근데 들키면 어찌니?
개파리	만약 들키면 우리한테 다 덮어씌워 크크크 배고파서 그랬다면 되니까 크크크

　개파리 말을 듣고 돌아오는 길에 서리는 아직 시작도 안 했는데 가슴이 콩닥콩닥 뛰기 시작했다. 나는 널뛰는 가슴을 가까스로 진정시키고 정숙이에게 도움을 청했다.

정숙	야 재밌겠다, 그래서 하겠다 해?
나	응, 그러자구 하긴 했는데 혹시 들키면 어떡하지?

* 습격: 서리

정숙	머저리아이야? 시작도 안 했는데 들킬 생각부터 하믄 어쩌니? 방정 떨지말고 설이두 데리구 갈까?
나	그러자~

우리는 9시에 약속 장소로 나갔다.
어디서 챙겼는지 남학생들 손에는 40~50kg는 충분히 담을 수 있는 자루가 하나씩 들려 있었다. 다행히 날씨가 흐려 서리하기에 충분한 조건을 만들어 주었다.

정숙	야 근데 생각보다 떨린다야.
설이	그러게 ~ 근데 재밌긴 하다. 크크크
나	야 나는 다리 막 떨린다. 크크크
개파리	쉿! 조용해라 ~ 우리 저기 가서 작업할 테니까 너네 여기 있다가 사람이 오면 신호 보내. 알았지?
정숙	어떻게?
개파리	음 ~ 휘파람 불어
나	우린 그런 거 못하는데 어떻게 하지?
개파리	아 그럼 만약에 사람이 온다 싶으면 정숙이를 찾는 척해. 우리 쪽에 대고 큰 소리로 '정숙아' 그래, 그럼 우리 숨을 게, 알았지?
나	알았다, 아무튼 들키지 않게 조심해

운이 좋았던 탓일까 생각했던 것보다 거사는 성공적으로 끝냈다. 남자들은 다시 감자를 들고 간식거리를 바꾸러 갔고, 우리는 숙소로 돌아왔다. 제발 가다가 걸리지 않았으면 좋겠다.

최후의 만찬과 우등불 오락회

드디어 내일이면 이 지긋지긋한 시골에서 벗어나 집으로 갈 수 있다. 정말 생각만 해도 가슴이 설렌다. 그래서인지 감자 캐는 일도 즐겁다. 나는 집으로 돌아가면 무엇부터 해야 할지에 대한 설레는 상상으로 감자 하나 꿈 하나 함께 캐냈다.

감자 하나   농촌동원을 와 보니 산다는 것이 결코 쉬운 일이 아니었다. 혼자 살아가기도 힘든 세월에 엄마는 우리 가족을 먹여 살린다고 얼마나 힘이 들었을까? 앞으로는 엄마를 도와 집안일을 더 열심히 해야겠다.

감자 둘   엄마 말대로 산골에서 땅을 파며 살지 않으려면 지금부터라도 엄마 말을 잘 듣고 열심히 살아야겠다.

감자 셋   시골에 할머니는 매일매일을 지금처럼 힘들게 사셨겠지? 앞으로 돈 많이 벌어서 꼭 도시로 모셔와야겠다.

상상 하나, 감자 하나 캐내는 동안 해는 벌써 서산으로 기울고 하루 작업 마무리를 알리는 지도농민의 외침이 들려왔다. 집으로 돌아갈 마음에 잔뜩 들떠서 그런지 산을 내려 숙소로 향하는 발걸음이 날아가는 것 같다.

담임선생님   내일 점심 먹고 한 시에 출발하니까, 그리 알고 준비들 해라.

학생들   아싸~ 집에 간다. 만세~~~

담임선생님   좋기두 하겠다. 어쨌거나 오늘이 마지막 날이니까 다들 맛있는 거 좀 꺼내 놔라.

한 달이나 지났는데 뭐가 남아 있을까 싶었지만 여태껏 배낭 속에 꽁꽁 숨겨둔 아이들이 있었다. 특히나 금별이 같은 경우에는 한 달 동안 뭐를 먹었나 싶을 만큼 간식이 많이 남아 있었다. 평소 같았으면 얄미웠을 테지만 오늘만큼은 그런 구두쇠들 덕분에 최후의 만찬을 즐길 수 있어 좋다. 바닥 한가운데 수북이 쌓인 사탕 과자에, 펑펑이*가루로 만든 쫄깃쫄깃 속도전 떡, 감자를 갈아 만든 감자떡, 그동안 아끼고 아껴 왔던 기름을 듬뿍 넣은 감자볶음에, 돼지고기까지 넣은 고추장국, 정말 보기만 해도 배가 부른 진수성찬이었다. 한 달간 기름을 거의 보지 못했던 우리는 마치 오늘이 생에 마지막 날인 것처럼 먹어댔다.

게 눈 감추듯 한다는 말이 딱 어울릴 만큼 배불리 먹고 난 후에 우리는 한 달간의 농촌동원에 대한 마지막 추억을 남기기 위해 6학년 2반 언니, 오빠들과 함께 우등불**을 피웠다.

정철오빠　자~ 여러분, 지금부터 오락회를 시작하겠습니다. 먼저 수건돌리기를 할 건데 이에 찬성하는 사람은 숨 쉬시오. 네~ 그럼 다들 찬성하는 것으로 알고 수건돌리기를 시작하겠습니다.

숨을 안 쉬고 사는 사람은 당연히 없을 테니, 반대자 한 명 없이 무난하게 수건돌리기가 시작됐다. 수건돌리기는 손수건을 가진 사람이 노래에 맞춰 우등불을 향해 모여 앉은 사람들의 등 뒤를 돌다가 마음에 드는 사람에게 손수건을 놓고, 한 바퀴를 돌아 다시 올 때까지 그 사람이 눈치를 채지 못하면 걸린 사람이 노래를 해야 하고, 만일 알아채면 손수건을 놓아둔 사람이 다시 범이 되는 놀이다. 정철오빠는 리더답게 자기가 먼저 노래 한 곡을 한 다음, 범이 되어 손수건을 돌리기 시작했다.

수건돌리기노래　맴맴맴, 매미 우는 숲속 돌돌돌, 못 찾는 건 바보, 누가 먼저 찾나 내가 먼저 찾지~~~ ♪♬

그렇게 오락회는 시작됐고, 분위기는 점점 무르익어 갔다. 우리는 지목된 아이

---

* 펑펑이: 뻥튀기
** 우등불: 모닥불을 뜻하는 북한말

들이 부르는 노래에 조용히 집중했다. 반주도 없고 음도 박자도 잘 맞지 않는 노래지만 지금 이 순간 만큼은 그 노래들이 우리들의 심금을 울린다. 한 사람이 부르는 노래지만, 우리는 각자 나름의 방식으로 그 노래를 받아들였고, 우등불은 우리가 느끼는 감정을 한층 더 고조시켜 준다.

정철오빠 자~ 이제 노래는 거의 들은 것 같으니까, 춤을 시작합시다. 다 같이 우등불 타오르네 시작~

우등불 타오르네 불타오르네, 눈 속에 바람 속에 불타오르네
아늑한 숙소야 날 찾지마라, 우리들은 바라지 않네
랄 ~ 우리는 청춘, 랄 ~ 우린 건설자, 랄~ 당에 부름에,
너는 우리 길동무였네 ♪♪

- '우등불 타오르네' 중에서

여느 때라면 남한 디스코 곡이나, 중국 디스코 곡에 익숙해진 우리가 그 곡에 맞춰 춤을 추는 일이 쉽지 않았을 테지만 오늘만큼은 세상에 둘도 없는 디스코 곡 같이 들렸다.
우리가 한창 신이 나 있을 때 담임선생님이 등장했다.

담임선생님 잘 논다, 엉덩이를 뱀뱀 꼬고 난리네. 밤에 불장난 하믄 저녁에 잠 자리다가 오줌 싼단다. 내일 아침에 일어나서 후회하지 말고 빨리 들 들어가서 자라. 잘 자야지 내일 또 아무 사고 없이 집에 가지?

우리네 마음 같으면 밤새 놀고 싶고, 또 체력도 아주 많이 남아 있지만 선생님의 지시니 하는 수 없이 잠자리로 향했다. 오늘이 마지막 밤이라고 생각해서 그런지 창문 너머로 보이는 밤하늘의 별이 유난히 밝고 예쁘다.

겨울

한 달이나 떨어져 있어서 그런지 집도 낯설고, 거리도 온통 낯설게 느껴진다. 뭔가 냄새가 다르다고나 할까? 아니 그런 것 같지는 않지만 익숙함이 사라졌다 할까? 아마 시간이 지나면 다시 돌아오겠지만 아직 조금은 불편하다. 또 시골이나 도시나 똑같은 해가 뜨련만 왠지 도시의 해가 더 밝게 느껴지는 이유는 뭘까?

굳이 시골생활과 비교하자면 시골에서는 썬글라스를 쓰고 살아온 느낌이고, 도시는 썬글라스를 벗어버린 느낌이다. 우리 동네의 모든 것들이 눈부시다.

엄마 그래도 한 달 버텼네? 나는 니 도망올 줄 알고 기다렸는데 흐흐흐

나 엄마는 딸이 그렇게 우습게 보이니? 크크크

엄마 그래두 용타, 먹고 싶은 게 없니?

나 음 ~ 엄마 이면수 먹고 싶다.

엄마 웬일로?

나 그러게~ 밥 찬물에 말아서, 짭쪼름한 이면수를 딱 얹어 먹는 게 얼마나 하고 싶었는지 아니?

엄마 여느 때는 있어두 아이 먹던 게 별일이다?

나	그러게... 왜 이면수 그렇게 먹고 싶었을까?
엄마	장마당가서 싸 오나.

　엄마에게 현금을 받아 들고 시장을 향해 가는 길에 아직 녹지 않은 빙판과 얼어붙은 흙탕이 눈에 띤다. 낮에 햇살이 따스할 때면 얼음이 녹아 진창을 만들었다가, 밤새 꽁꽁 얼어붙어 누군가의 추억이라도 간직하듯 선명한 발자국을 꼭 껴안고 얼어붙어 있다. 게다가 거리 곳곳에 '11월은 사고 방지 대책월간이다!'라는 구호가 붙어 있는 것을 보니 겨울이 더 실감난다. 농촌동원 기간에 첫눈을 맞기는 했지만 사실 일하는 정신에 별로 반가운 줄 몰랐는데 보일 듯 말 듯 내리는 솜털 같은 흰 눈이 참 반갑다. 시장 입구에 들어서니 익숙한 냄새가 난다. 바로 시장 냄새다. 시장 냄새를 맡으며 수산물 매대를 향해 가는 동안 갑자기 노래의 한 가사가 떠올랐다.

　　　설 눈아 설 눈아 새하얀 설 눈아
　　　이역에서 맞을 땐 차고 차더니
　　　조국에서 맞으니 따스하구나
　　　아~ 따스하구나 ♬♪

　참 맞는 말이라는 생각이 들었다.
　대홍단에서는 지금보다 더 큰 눈을 맞아도 막 신이 나지 않았는데, 무심한 사람들 눈에는 잘 보이지도 않을 그런 눈을 보면서 지금은 노래가사까지 생각해 내다니...
　이래서 사람들이 고향이 제일이라고 말하는 모양이다.

엄마	어떻게 해줄까?

11월 이야기

나	엄마 고춧가루랑 마늘 넣고 기름에 튀겨줘 ~
엄마	그냥 밥 위에 쪄줄까?
나	아이, 그렇게 하니까 비린내 나더라. 걍 기름에 지져줘 ~

이면수가 기름에 꼬독꼬독 구워지는 냄새가 너무 좋다. 나는 지금 막 뜸이 들여진 밥을 찬물에 말아놓고 이면수가 빨리 구워지기를 기다렸다.

엄마	어이구 그렇게 맛있니?
나	응, 엄마 이밥이 얼마나 먹고 싶었는지 아니? 젤 먹고 싶던 게 이밥을 찬물에 말아 먹는 거였다니까 크크크

엄마는 고생했다면서 이면수 가시를 발라 숟가락 위에 얹어 줬다.

나	엄마 고기 올려주니까 그 생각이 난다.
엄마	무슨 생각?
나	내 쬐꼬말 때 어디 아프면은 엄마 맨날 숟가락에다가 물 담아서는 새끼 손까락으로 약을 풀어서 먹여주군 했재?
엄마	생각이 나니?
나	당연히 생각나지, 그게 어떻게 아이 나개? 크크크
엄마	너두 나중에 엄마 늙은 담에 그럴 수 있니?
나	응, 이따가 커서 돈 마이 벌면 엄마 먹고 싶다는 거 다 해주께~
엄마	그래. 말만 들어도 눈물이 난다.
나	엄마 진짜다, 내 비록 지금은 이래도 사람 일이 어떻게 될지 아니? 크크크

엄마	그러게, 엄마는 니만 잘 살 수 있다면 더 바라는 것두 없다.
나	당연하지, 엄마 딸이 보통분이니? 내 걱정은 한 개도 하지마. 남 부럽지 않게 잘 살테니까... 아 맞다, 그리구 이번에 동원 가서 생각 난긴데 날 낳아줘서 고맙다.
엄마	갑자기 무슨 소리야~
나	아니 이번에 거기 가니까 농촌에 사는 아이들은 먹고 싶은 것도 못 먹고, 심지어 설이 초코파이 먹으라고 주니까 그게 뭔지도 모르재? 그래두 나는 엄마 딸로 태어난 덕분에 이렇게 도시에서 먹고 싶은 거 다 먹구 사는 게 얼마나 행복한가 싶더라.
엄마	어이구~ 동원 가기는 가야겠다, 동원 갔다 오더니 사람이 됐네?
나	아 엄마는? 내 원래 사람이지, 어쨌든 고맙다. 내 앞으로 잘 할 게~ <u>ㅎㅎㅎ</u>

　엄마는 내가 대견했는지 꼭 끌어안고 엉덩이를 토닥토닥해 주었다. 나도 엄마 품이 따뜻하고 좋았지만 왠지 눈물이 났다.

김장

엄마	야 지금 몇 신데 아직두 자니? 빨리 일어나서 고무장갑 끼고, 장화 신고 창고로 내려오나.

　아니 무슨 김장을 이 추운 날씨에 한다고 그러는지 모르겠다.
　우리 동네는 워낙 날씨가 춥다 보니 대부분의 집들이 10월 초부터 김장을 시작해 늦어야 말일까지는 끝내는데 우리 집은 항상 11월 초에 그것도 가장 추운 날을 골라서 하는지 도대체 이해가 가지 않는다. 게다가 지금은 아침 8신데...

나	아 엄마! 해라도 좀 뜨면 시작하지, 무슨 급한 일이 있다고 꼭두새벽부터 이 야단을 치니?
엄마	어이구 그 나이 먹도록 아직 김장할 줄도 모르고 어디다 쓰겠니?
나	내 나이 아직 별로 안 많거든?
엄마	지금부터 하나씩 배워야지. 배추는 10시간 이상 절이믄 당분이 다 빠져서 맛이 없다. 어제 엄마 밤새 초절이하는 거 못봤니?
나	암만 그래도 그렇지, 이 이른 시간부터? 게다가 좀 날이 따뜻할 때 하지 맨날 이렇게 추운 날에만 하니?
엄마	더울 때 하면 김치 다 맛이 들어가지구 맛있니? 다 쉬어 빠진 김치를 겨울내내 먹을 일이 있니? 그리구 지금 해야지 고추랑 배추값이 눅으니까 그러지…

    엄마는 어떤 일에든 자신이 하는 일에 대한 변명을 미리 준비해 두는지 분명 잘못된 일임에도 자신의 당당함을 설득시키고야 만다. 그런 엄마에게 무슨 말이 통하랴 싶어 열심히 배추를 씻고 있을 때 철이 엄마가 다가왔다.

철이엄마	어이구 이 집은 여태 뭐하다가 이리 추운 날에 김치를 함매 그래?
엄마	그러게 말이오, 체네 아르 낳는지* 오늘 왜 이렇게 춥소?
철이엄마	어머 배추 좋다~ 중국배추요? 몇 포기나 함매?
엄마	작년에 100포기 했는데 좀 모자란 것 같아서 이번에 통김치 150포기랑, 써레기** 작은 독에 하나 정도하려구.
철이엄마	겨울에는 거의 김치 하나에만 매달리다시피 하는데 100포기 가지

* 처녀가 아이를 낳는 날: 처녀가 아이를 낳는 것은 바람직하지 못한 것이기 때문에 하늘도 노해 날씨가 추워진다는 뜻
** 써레기: 배추를 먹기 좋게 썬 다음 양념에 버무려 담는 김치

	구는 안 되지비. 근데 김칫독은 어떻게 소독했길래 아무 냄새 안 남매?
엄마	끓는 물을 넣어 소독해 내고, 불 소독두 하구 별거 다 했지비.
철이엄마	나두 그렇게 했는데 군내 나던데. 양념에는 뭐 넣었소?
엄마	멸치젓 넣었소.
철이엄마	나두 작년에 낙지두 넣어보구, 명태두 넣어 봤는데 별로 맛이 없더라.
엄마	나두 딱 한 번 명태 넣어 봤는데 멸치젓 넣었을 때보다 담백하지 못하재오? 그래서 이번에는 멸치만 넣었소.

그 추운 날씨에도 뭔 사람들이 그리 많은지 지나가고 지나오는 사람이 다들 한마디씩 거들고, 또 절인 배추를 쭉쭉 찢어 양념에 찍어서는 볼이 메어지게 먹고 간다.

나	독에 들어가는 김치보다 사람들 입에 들어가는 게 더 많겠다.
엄마	원래 김장할 때는 다 그러는 기다. 그리구 사람이 먹는 거 가지구 그렇게 뭐라하믄 못쓴다.
나	무슨 어머님 강반석*도 아니구...

독에 들어갈 김치가 남아 있을까 싶었지만 엄마 예상대로 통김치 한 독 반, 써레기 반 독을 채워 김칫독에 넣었다. 하도 오래 앉아 있어서 그런지 허리가 안 펴진다.

* 강반석: 김일성 어머니 이름

집단 공개재판

 겨울이 오면 요즘 같은 날씨가 제일 싫다.

 눈도 안 오고 바람만 쌩쌩 불어대니 정말 스산하다는 말이 왜 있는지 알 것 같은 그런 날이다. 이런 날씨에는 따뜻한 아랫목에 앉아 군고구마나 군밤을 까고 있어도 밖에서 들려오는 바람 소리에 입맛이 딱 떨어질 것 같은데 공개재판이라니…

 너무 싫다.

 잘못은 걔네가 했는데 우리까지 왜 개고생을 해야 하는지 모르겠다. 원래는 가지 않기로 했지만 친구들이 찾아와 함께 가자고 조르는 바람에 하는 수 없이 나온 터라 가뜩이나 바람에 부딪치는 발걸음이 더욱 무겁다.

나 　　야 근데 무슨 재판이라니?

설이 　모르니?

나 　　응.

설이 　야~ 모를게 따로 있지 어떻게 그것도 모르니 너는?

나 　　남들이 사는 삶에 관심이 없어서 그런다. 내 살기두 바쁜데 언제 남이 사는 것까지 신경쓸 새 있니?

설이 　하긴 그렇다.

나 　　그래서 오늘 뭐한다니?

설이 　ㅇㅇ중학교 5학년 2반 애들이 술 처마시고 남자여자 한 방에서 잤다는기야. 그래서 그것 때문에 오늘 집단 공개재판 한다재.

나 　　그게 뭐가 어때서? 우리두 경비가믄 맨날 한 방에서 다 자는데?

설이 　머저라. 그거랑, 그게 같니? 우리는 선생님도 있고, 학교를 지키기 위해 공식적으로 자는 기고, 쟤네는 개인집에서 술까지 처마시구 같이 잤다재?

나	진짜? 근데 술마셨는지 어떻게 아니?
설이	그게 엄마 달리기 장사*하는 애가 있었는데, 마침 엄마 장사가고 없으니까 그 집에 모여서 술마시고 놀았나봐 ~ 근데 그 다음 날 아침에 엄마 갑자기 집에 왔는데, 문 열고 들어가 보니까 애들이 술 마시고 남자여자 누워서 같이 자는 거 보구 신고 했다재.
나	진짜? 야 근데 신고하믄 자기 딸도 걸리는데 왜 했지?
설이	그러게 ~ 엄마 신고할 정도믄 그 이전 생활은 말해 뭐하개?
나	와 어지간히 애를 먹였는가부다. 오죽하믄 엄마 다 신고할까?
설이	그러게 ~ 10명 정도 된다던데 오늘 걔네 다 나온다재.
나	진짜? 야 그럼 혹시 우리 아는 애들일 수도 있겠다.
설이	아마 그럴걸? 어우 끔찍하다. 우리는 그러지 말자, 혹시라도 쟤네처럼 잡히면 창피해서 어찌니?
나	그러게 ~ 어휴 으쓸하다야 ~

    걔들이 술 마시고 정확히 무슨 짓을 했는지는 잘 몰라도 사람이 살다가 보면 그럴 수도 있는데 걸렸다는 게 문제다. 설이 말대로 남녀가 술 마시는 게 잘못됐거나 같이 잤다는 사실이 잘못됐다는 것 보다는 일단 걸렸다는 게 더 창피한 일이다.
    이제나저제나 아이들이 나오기를 기다리고 있을 때 쇠고랑을 찬 아이들이 등장했다. 멀리서 봐도 익숙한 얼굴이 한두 명 있다. 실은 구경거리 마냥 보고 싶은 마음이었는데 정작 초라해진 아이들의 모습을 보니 마음이 짠하다.

나	근데 10명이라더니, 왜 저기는 6명 밖에 없지?

* 달리기 장사: 타 지역의 물건을 사다가 이윤을 챙겨 파는 사람을 말함. 예를 들어 김책이나 바닷가가 있는 고장에서 생선을 저렴하게 사다가 량강도와 같이 바다가 없는 도시에서 비싸게 파는 행위

정숙	돈 있는 집 애들은 쏙 뺐겠지 ~
나	야 집단으로 했는데 어떻게 걔네만 빼니?
설이	야는 가끔은 어방*인 것처럼 하는지, 진짜 어방인지 모르겠다니까?
정숙	그니까 머저리 아이믄 간첩 같다니까?
설이	니 요즘 세월에 돈이 못하는 짓이 있니?
나	하긴 그렇다. 야 근데 아무리 그래도 다 같이 죄를 졌는데 그러믄 되니?
정숙	니 저기 가서 말해. 왜 나머지 애들은 없냐고? 크크크
설이	그래 니 말하믄 되겠네 크크크
나	놀리니?

친구들 말이 맞다.

요즘 같은 세상에 돈이 못하는 일이 어디 있을까? 참 좋다고 해야 할지, 나쁘다고 해야 할지 모르겠다. 뭐 돈 많은 사람들에게는 좋은 세상일 테지만 돈 없는 사람들에게는 지옥이 따로 없을 것 같다. 왠지 이런 마음이 들 때마다 항상 이 노래가 떠오르곤 한다.

> ♪모진 매는 이를 물고 열백 번 참는다해도
> 돈이 없어 받는 수모 그 어이 참을소냐
> 야속하다 야속하다 이 어진 이 세상아
> 가슴속에 쌓인 원한 그 어데 하소하랴
>
>   - 조선예술영화 '삶의 권리' 중에서

* 어방: 사태파악을 잘못하고 멍청한 사람을 이르는 말

빙두

　수업이 끝나고 꽁꽁 언 손을 입으로 녹여가며 집에 도착하니 반가운 손님이 와 있었다.

나	오빠 언제 와?
왕눈이오빠	응 내 좀 전에 왔다. 학교 갔다 오는 길이?
나	응 ~
왕눈이오빠	이야 ~ 그래도 학교두 다 다니구 사람이 됐다야 ~
나	뭐라고? 하 ~ 내 진짜 어이없네? 다 지 같은가 하재?
왕눈이오빠	야 내가 어때서? 내 이래 봐도 김정숙사범대학* 학생이다야 ~
나	칫! 학생은 무슨 ~ 학교를 오빠 다니는 게 아니라 돈이 다니는 거 내 모를 줄 아니?
왕눈이오빠	야 ~ 니 그거 어떻게 아니?
나	딱 보면 삼천리지 크크크 나는 이래 봐도 11년제 의무교육 9년 동안 한 번도 최우등 말고는 해 본 적이 없는 5점 최우등생이거든?
왕눈이오빠	어머 ~ 진짜? 야 다시 봐야겠다야 크크크
나	내 이런 분이다. 앞으로는 어렵게 대해 알았지? 크크크

　왕눈이 오빠로 말할 것 같으면 온 혜산시가 다 아는 바람둥이다.
　소문으로는 장가들기 전에 500명의 여자와 만나 교제를 해 보는 것이 꿈이라는

* 김정숙사범대학: 김정숙사범대학은 양강도 혜산시에 위치한 북한의 고등교육기관으로, 양강도 내 중학교 교원을 양성하는 것을 목표로 설립되었다. 1961년 9월 혜산교원대학으로 출발하였으며 5년제이다.

그런 사람이다. 딱히 못 생기지는 않았지만 그렇다고 잘생기지도 않은, 키도 별로 크지 않지만 한 번 만나본 여자들은 오빠랑 결혼하겠다고 그렇게 야단들이란다. 실제로 오빠와 결혼을 못 할 거면 차라리 죽겠다고 약을 먹은 사람들도 몇 있다. 왕눈이하면 '아 ~ 그 바람둥이!'라고 할 만큼 소문난 바람둥이임에도 불구하고 왕눈이 오빠와 데이트 한 번 해보는 것이 많은 여성들의 소원일 만큼 여자들 속에서 인기가 많다. 아마 가부장적인 사회에서 찾아보기 힘들 만큼 여성미와 센스가 넘치는 그런 사람이어서 인기가 많은가부다. 아니면 남한 드라마를 보고 남주를 따라하는건지 아마 오빠의 행동들에 남한 드라마에서나 볼 법한 모습들이 많이 배어있다. 뭐가 어쨌거나 인기가 좋으면 그만이지, 누구를 따라 하든 그건 내가 알 바가 아니다.

왕눈이오빠　　야 은경아 나가서 문 좀 걸어라.

나　　왜? 무슨 나쁜 짓을 할려고?

왕눈이오빠　　나쁜 짓은 무슨, 빨리 시키는 대로 해라~

　현관문을 잠그고 들어오니 오빠가 품 안에서 지금 막 은행에서 발행된 것 같은 중국 돈 100원짜리와 불에 구운 담배은지*, 백반같이 생긴 물건을 꺼내 밥상 위에 올려놓았다. 그러고는 백반 같은 것을 은지의 까만 부분에 올리고 장난감같이 작은 알코올 등, 좁쌀알 만한 불이 피어오르는 알코올 등을 은지 아래에 가져다 대자 백반이 녹으면서 김에 가까운 뽀얀 연기가 피어올랐다. 오빠는 돈을 담배 모양으로 만 다음 맑은 물 두 방울 정도를 안에 넣고 연기를 희석시켜 코로 마셨다. 돈 속에 있는 물은 마치 필터 같은 기능을 했다. 오빠는 아주 우아하게 연기를 거의 1분간 들여 마시는 것 같았다. 우리가 신기하게 쳐다보고 있을 때 오빠는 들여 마셨던 연기를 한층 더 세련된 동작으로 내 뿜었다. 연기는 마치 한 마리의 뱀, 아니 용이 온 몸의 신경을 곤두세워 태질을 하듯이 오빠의 피부와 밀당을 하면서 오빠

* 은지: 은박지

의 얼굴 위로 천천히, 아주 천천히 스치듯 올라갔다.

엄마　　　그게 뭐야?

왕눈이 오빠　이게 뭐인지 모른다구?

엄마　　　뭔데?

왕눈이 오빠　이야 완전히 농촌이네, 여태 이것두 모르고 뭐했소? 자 봐봐 이게 뭐처럼 생겼소?

나　　　　얼음처럼 생겼는데?

왕눈이 오빠　역쉬 키운 보람이 있구나.

나　　　　우리 엄마 키웠거든?

엄마　　　이게 얼음처럼 생겼다구 해서 빙두, 또는 아이스라구 불리지 ~

　빙두!
　이게 바로 말로만 듣던 그 빙두라니 ~ 그것도 지금 내 눈 앞에 있다니 믿기지 않는다.

왕눈이 오빠　한번 해 보겠소?

엄마　　　야 근데 이거 막 이렇게 해두 되니?

왕눈이 오빠　일없소, 보기하구 다르게 겁이 많네?

　왕눈이 오빠는 빙두하는 법을 차근차근 가르쳤다.

왕눈이 오빠　너두 한 번 해보개?

엄마　　　안 된다. 애한테 그런 거 시키겠다구 그러니.

왕눈이오빠	야 몰라서 그런다. 이게 여자들한테 얼마나 좋은지 아오? 피부 좋아지지, 게다가 결정적으로 살두 빠지지. 다른 사람들은 없어서 못하는데... 근데 어떻소?
엄마	음 ~ 뭐이랄까? 정수리 부분의 머리카락이 곤두서는 느낌?
왕눈이오빠	기분은 어떻소?
엄마	묘하긴 한데 나쁜 것 같지는 않다.
왕눈이오빠	한 코만 더 해 보겠소? 그러면 느낌이 확 달라질걸?

엄마는 오빠 말대로 한두 코 정도 더 빨아들였다.

왕눈이오빠	어떻소?
엄마	음 ~ 뭐랄까? 정수리 부분에서부터 시작해서 1cm씩 가벼워지는 느낌이랄까? 아니 내 몸에 붙어 있는 그냥 둥 뜨는 그런 느낌이 든다. 어머! 지금은 마치 바닥에 앉은 게 아니라 온몸이 풍선처럼 공중에 떠 있는 느낌이 든다.
왕눈이오빠	이햐 ~ 이렇게 선량한 시민을 또 빙두의 세계 속으로 이끌었네 크크크

피부가 좋아지는 데다가 살도 빠진다는 말에 나는 한 번 해보고 싶었지만 엄마의 완강한 반대에 끝내 실패했다. 하지만 엄마가 없는 기회를 틈타 한 번 쯤은 꼭 해 보고야 말 것이다.

은경이 일기

12월 이야기

감기

어제 너무 무리해서 그런지 몸이 으슬으슬한 게 열이 나는 것 같다.

나　　　엄마 체온계 있니? 내 아무래도 열이 나는 것 같다.

엄마　　그러게 옷을 좀 많이 입고 다니라니까 말을 안 듣더만 감기 걸리지 않구 어찌니? 겨울 식재* 얼어 죽는단다.

나　　　아 옷 마이 입었는데 어제 체육 수업 때 땀 많이 흘리구 찬바람 맞아서 그런다. 엄마는 아프다는 데두 꼭 그렇게 말해야 되니?

엄마는 얼굴에 쌤통이라는 표정을 잔뜩 담은 채로 내게 체온계를 내밀었다. 찬 체온계가 겨드랑이로 들어가니 정말 전기충격기라도 닿은 것마냥 온몸이 찌릿하다. 나는 정말 죽을 것 같지만 체온계가 잘못됐는지 37도 5부다.

엄마　　어이구 죽지 않는다.

나　　　엄마 체온계 고장난기 아이? 내 지금 얼마나 아픈데 ~ 40도 되구두 남겠구만.

* 식재: 멋쟁이

엄마	40도 넘으면 니 지금 말할 수 있을 것 같니?
나	암튼 난 지금 죽겠다니까! 약이라도 없니?
엄마	기다려봐라 ~ 해열제 어디 있었는데?
나	아무거라도 좀 빨리 찾아봐 아파서 죽을 것 같애.

    엄마가 준 해열제와 아스피린을 먹었더니 열이 조금 떨어진 것 같긴 하지만 여전히 정신이 혼미한 상태다. 엄마는 그런 내가 걱정이 되지도 않는지 하루종일 어디 나갔다가 저녁에야 돌아왔다. 나는 혼자 누워있는 것이 너무 서러워 열심히 울었다.

나	엄마 ~~ 엉엉
엄마	어이구 엄마 죽었니? 다 큰 게 울기는?
나	엄마는 내 친엄마 맞니? 딸이 아파 죽겠다는데 어디 갔다가 이제 오니? 엉엉
엄마	아직두 열이 나네? 왜 그러지?
나	내 아프다고 했재? 내 혼자서 얼마나 서러웠는지 아니? 엉엉
엄마	어이구 그랬구나 ~ 엄마 잘못했다. 엄마 가서 사과 좀 싸 올 테니까 기다려봐 ~

    신기하게도 감기 때문에 열이 심할 때 언 사과를 먹으면 열이 뚝 떨어진다.

엄마	어이구 내일모레면 시집도 가야 할 나이에 아직두 엄마 엉치(엉덩이) 두드려주믄 헤벌레 하고 좋아해서 어쩌니?
나	아직 시집가자믄 멀었거든?
엄마	쨱쨱거리는 거 보니까 아직 죽자믄 멀었구나 ~

나	엄마는 내 죽었으믄 좋개?
엄마	응, 엄마는 니 죽었으면 좋겠다.
나	정말이지? 알았다. 그냥 죽을게 ~

농담인 거 알지만 그래도 왠지 서글픈 생각에 눈물이 주르르 흘렀다.

엄마	머저라 ~ 세상에 딸이 죽었으면 하는 엄마 어디 있개? 엄마는 니만 있으면 세상에 부러울 게 하나도 없다. 엄마는 그저 우리 은경이랑 오래오래 같이 행복하게 살았으면 좋겠다.
나	진짜?
엄마	진짜지 그러믄 ~ 엄마 우리 은경이를 얼마나 사랑하는데? 니 엄마 배 안에 있을 때부터 다른 애들보다 너무 커서 엄마 마이 힘들었지만 그래두 우리 은경이를 만날 생각만 하믄 하나도 안 아프고 그랬다.
나	나두 엄마를 얼마나 좋아하는데? 엄마는 다 모른다.
엄마	우리 은경이 엄마를 얼마나 사랑하는지 엄마 왜 모르개? 엄마 말 안 해서 그러지 다 안다. 그러니까 앞으로는 옷도 따뜻하게 입고 감기 걸리지 마라. 알았지? 은경이 아프면 엄마도 같이 아프다.
나	응 엄마 ~

엄마와 나는 서로를 사랑하는 마음을 담아 꼭 껴안았다.
언제 맡아도 좋은 엄마 냄새, 우리 엄마 냄새가 추운 겨울 난롯불처럼 온몸에 감돈다.

반 초위원장 거수투표의 웃기는 결과

인민반장   반회의 모입시다. 빨리들 모입시다.

    언제 들어도 기분 나쁜 인민반장의 고함소리가 또 온 동네를 떠들썩하게 한다.

엄마   은경아 인민반회의 좀 가라 ~
나   내? 아 엄마는 왜 맨날 나를 보내니?
엄마   아 맞다, 오늘 초위원장 선거 한다구 했는데 니 가믄 안 되겠네 ~
나   왜 별이 엄마 안 한다니?
엄마   응, 그래서 이번에 새로 뽑아야 한다던데, 아무래도 내 가야겠다.

    초위원장은 동사무소의 프락치라고 할 수 있는 인물이다. 인민반에서 인민반장이 최고의 실권을 가지고 있다고 하면 그 다음은 초위원장, 그 다음은 세대주 반장이다. 요즘은 세월이 하도 박해서 인민반장도 하겠다는 사람이 없는 마당에 동사무소의 프락치나 다름없는 동사무소의 꼭두각시 노릇이나 해야 하는 초위원장은 더더욱 하겠다는 사람이 없다. 자기 일만 해도 바쁜데 반장이나 초위원장을 하게 되면 다른 사람들에게 싫은 소리도 해야 하고, 또 다른 사람들의 본보기가 되어야 하기 때문에 평범한 사람들에 비해 몇 곱절은 더 바쁘게 살아야 한다. 어쨌거나 결정적으로 아무도 하겠다는 사람이 없다는 이야기다. 두 시간 정도 지나서 엄마와 주일이 엄마가 집으로 돌아왔다.
    엄마와 주일이 엄마는 집에 들어서자마자 배가 끊어져라 웃었다.

나   왜? 무슨 일이 있었는데 그러니?
엄마   야 말두 마라. 지나가던 개가 다 웃을 일이다.

주일이엄마   그러게 말이오. 세상에 ~ 살다 보니까 이런 일이 다 있소 그래? 크크크

    엄마들이 웃는 내용인즉 이랬다.
    우리 동네에서 왕따를 당하는 엄마가 있는데, 워낙 나대기를 좀 좋아해 이번에 초위원장 선거에 후보로 나섰지만 거수투표에서 찬성표를 하나도 받지 못했단다. 의원을 뽑을 때나 큰 직장에서 공식 간부를 선정할 때를 제외하고는 대부분 거수투표를 해 다수결을 택하는 경우가 많다. 이번 초위원장 선거도 그렇게 큰 행사가 아니어서 아마 거수투표로 결정하기로 했나보다. 보통 거수투표는 인민반장이 "000를 초위원장으로 선출하는데 찬성하는 사람들은 손을 드세요"라고 하면 이에 찬성하는 사람들이 손을 든다. 또 "반대"하면 반대하는 사람들이 손을 드는데, 반대하는 사람이 소수라면 그냥 넘어가는 식이다. 하지만 그 사람이 얼마나 동네 주민들에게 인심을 잃었으면 모두가 하기 싫어하는 초위원장에 도전했음에도 아무도 찬성표를 주지 않았을까?

엄마   그래서 사람이 평소에 잘 해야 한다니까.
주일이엄마   그러게 말이오, 아무도 안 하겠다는 초위원장 선거에서 이게 무슨 망신이요?
엄마   그러게 말이오 ~

    평소에 자기 털 뽑아 자기 구멍에 넣을 것 같은 구두쇠긴 하지만 그래도 좀 안돼 보였다. 자업자득이라고들 하지만 그래도 한 표도 못 받았다니 참 씁쓸하다.

주일이엄마   근데 다른 후보자는 있소?
엄마   아니 없던 거 같던데?

주일이엄마	그러믄 어떻게 되지?
엄마	그러게 말이오. 아무도 하겠다는 사람이 없으면 시켜야 하겠지만 그래도 투표를 하나도 못 받았는데...

사람들 마음이란 게 참...
어차피 자기가 할 것도 아니면서 다른 사람까지 못하게 할 건 또 뭐람...

만병통치약

엄마	은경아 ~ 저기 약통에서 아스피린 좀 찾아봐라.
나	왜 어디 아프니?
엄마	니 한테서 감기 옮았는지 몸이 으슬으슬한 게 아무래도 감기 온 것 같다.
나	이번 감기 엄청 심한데 어떻게 하지?
엄마	약 좀 먹고 누워 있으면 일 없겠지 뭐 ~

나는 엄마도 나처럼 아플까 봐 걱정이 됐다. 엄마가 아픈 것도 걱정이지만 나처럼 아프면 옆에서 간호해 줄 일이 더 걱정이다. 이유야 어쨌건 엄마가 제발 아프지 말았으면 싶다.

아지미	왜? 어디 아프오?
엄마	감기 오자구 그러는지 왜 몸이 막 으슬으슬해서 누웠다.
아지미	집에 검은 약이 없소? 이럴 때 검은 약 한 방 맞으면 직방인데.
엄마	우리 집에는 없는데. 은경아 ~ 니 할머니네 가서 혹시 검은 약이 있

	으면 좀 달라고 해봐 ~
나	검은 약이 뭐이?
엄마	그렇게 말하믄 안다.

나는 엄마만 아프지 않는다면 한겨울에 딸기라도 따다 줄 비장한 마음으로 할머니네로 향했다.

나	할마이 ~ 엄마 집에 검은 약이 있으면 좀 달라재.
할머니	왜 엄마 아프다니?
나	응 감기 올 것 같다구 아침부터 누워있다.
할머니	나도 별로 없긴 한데, 아프다니까 줘야지 어쩌니 ~ 이거 쎄니까 두 번에 나눠서 맞으라구 해라.

할머니는 장롱 속 깊숙한 곳에서 싸고 싸고 또 싼 봉투를 꺼내, 코딱지 같은 검은 덩어리를 성냥 대가리만큼 떼어내 주면서 말했다. 그 코딱지는 아무리 봐도 맞는 게 아니라 먹어야 할 것 같은데 무슨 소리 하나 싶었지만 빨리 엄마에게 전해 줄 생각에 일단 집으로 돌아 왔다.

나	엄마 할마이 그러는데 이거 쎄니까 두 번에 나눠서 맞아라재.
엄마	있더이? 역시 우리 아매 한테는 없는 거 빼고 다 있다니까 크크크
아지미	언니 내 놔 줄까?
엄마	응 그래줘 ~

아지미는 숟가락에 반 정도 물을 따른 다음 할머니가 준 약을 절반 나눠서 물에 풀었다. 그다음 라이터로 살짝 끓인 다음 식혀서 소독솜을 넣었다. 아지미가

주사바늘을 솜에 대고 쭉 빨아 당기니 신기하게도 건더기는 다 걸러지고 맑은 물만 주사기에 담겨졌다.

엄마 한 번도 안 맞았는데 일 없겠지?

아지미 어이구 안 죽습매, 접은 많아가지구 크큭

엄마는 조금 두려워하는 것 같았지만 이내 마음을 다잡고 주사를 맞았다.

아지미 어떻소? 하늘이 노랗게 보임매?

엄마 아직 잘 모르겠는데?

아지미 그래? 나는 한 5분 지나니까 바로 알리던데?

엄마 어 ~ 이제 좀 알리는 것 같다. 온몸에 감각이 없어지는 것 같아 ~

아지미 그래서 아편재*들 보면 아픈 사람들이 많재오, 처음에는 아파서 맞다가 나중에 중독이 된담매.

나는 그때 서야 그 검은 약이 아편이라는 사실을 알았다.
원래 아편은 나라에서 심하게 단속하는 약물이기는 하지만 워낙 약이 없어 비상약으로 많이 쓰인다고 들었는데, 그게 우리 집에서 쓰일 줄이야 ~

엄마 근데 이거 맞으니까 확실히 좋긴 하네 ~

아지미 우리 나이 되면은 일 년에 한두 번 정도 맞아주는 것도 좋다재오. 뇌혈전도 예방할 수 있고 뭐 갖가지 늙어서 오는 병들에 좋다구 하더라구.

엄마 그래?

* 아편재: 아편중독자

아지미	꼭 주사로 안 맞아도 적당량을 술에다 타서 마셔도 된다니까 한 번 해보오.
나	안 된다. 정신들 있니? 절대로 하지마 그러다가 중독이라도 되면은 어쩌려구 그러니?
아지미	한두 번 맞는 거는 일없다.

아니 아지미는 왜 아침부터 남의 집에 와서는 우리 엄마한테 나쁜 것을 가르쳐 주는지 모르겠다. 갑자기 아지미가 미워지기 시작한다.

동짓날

일요일이지만 딱히 할 일도 없고, 날씨도 춥고, 연말이라 괜히 마음도 쓸쓸한 하루다.

엄마	오늘이 동짓날이 아이야?
나	몰라 ~
엄마	달력함 봐라, 오늘이 동질게다.

달력을 봤더니 12월 21일 바로 아래에 작은 글씨로 '동지'라고 씌어 있었다.

나	오늘이 동지 맞네.
엄마	그래? 오늘이 음력으로 며칠인지두 봐라.
나	오늘이 음력 11월 24일인데, 왜?
엄마	큰동지네.

나	엄마 근데 큰동지는 뭐고, 애기 동지는 뭐이?
엄마	그게 음력으로 11월 초에 동짓날이 끼면 애기동지라하고, 중순이 지나서 끼면 큰동지라 한다.
나	근데 왜 그렇게 나눠서 부르니?
엄마	애기동지 때는 팥죽 만들어 먹고, 큰 동지 때는 그냥 오그랑죽* 만들어 먹어도 된다.
나	엄마 동짓날에는 꼭 죽을 먹어야 하니?
엄마	꼭 그렇지는 않은데, 음 ~ 동짓날에 동지죽 먹어야 다음 동지 때까지 귀신들이 들러붙지 못하게 지켜준다구 해서 먹는 기지 뭐 ~ 오늘 아버지네 직장에서 사람들이 망년회 한다던데, 거기서 저녁 먹구 오겠지?
나	밥하기 싫어서?
엄마	응 크크크, 우리 밥하기도 귀찮은데 주일이네 집에서 동지죽 써서 같이 먹을까?
나	가서 물어볼게 ~

마침 주일이네도 동지죽을 막 쓰려던 참이라 우리 두 식구도 함께 합류했다. 뭐 동지죽을 먹는다고 악귀가 달라붙지 않지는 않겠지만 그래도 행여나 하는 마음에 정성스레 옹심이를 빚었다.

주일이엄마	근데 은경이 아버지는 어디 갔소?
엄마	직장에서 망년회 한다구 나갔소.
주일이엄마	우리는 왜 망년회 한다는 소리 없지? 작년에두 이맘때 즈음에 한 것

* 오그랑죽: '새알심, 옹심이'와 같이 찹쌀 반죽을 팥죽에 넣어 만든 음식

같은데?

엄마   하겠지비. 작년에 반장네 집에서 했으니까 올해는 누구네 집에서 할 차례지?

주일이엄마   글쎄…

  해마다 이맘때 즈음이면 직장별로, 인민반별로, 혹은 가깝게 지내던 사람들끼리라도 모여 한 해를 마무리 짓는 차원에서 망년회를 가지곤 한다. 덕분에 12월은 돈 쓸 일이 명절이 낀 다른 달에 비해서도 두 배로 나간다. 옛날에는 어땠는지 몰라도 요즘같이 나라에서 물 한 그릇 지원받을 수 없는 상황에서 모든 행사는 일체 개인의 부담이기 때문이다.

  그러다 보니 망년회나 송년회 때마다 경제적인 부분이 아주 예민할 수밖에 없어, 불참한 사람도 망년회 비용을 부담할지 안 할지에 대해서도 점점 예민하게 다뤄지고 있다. 불참한 사람은 경제적인 부담을 하지 말아야 한다는 사람들 입장에서는 어차피 먹고 놀려고 마련한 자리인데 참석하지 못한 사람이 그 사람들을 위해서 돈을 낼 필요가 없다고 주장한다. 또 반대로 돈을 내야 한다고 생각하는 사람들은 요즘 세월같이 먹고 살기 힘든 세상에서 돈이 많아서 망년회에 참석하는 것도 아니고, 예의상 또는 친목도모를 위해 참석하기 때문에 만일 참석하지 않는 사람들이 부담을 하지 않는다면 다들 참석하지 않을 수 있다. 따라서 망년회에 참석하든 안 하든 그 조직의 성원이라면 모두가 함께 부담해야 한다는 주장이다.

  돈 몇 푼 가지고 이러니저러니 하는 모습이 썩 보기 좋지는 않지만 사는 일이 쉽지 않다 보니 창피한 줄 알지만 어쩔 수 없는 일이다. 게다가 어른들 일이니 어른들이 알아서 할 뿐 우리 같은 아이들이야 그저 그런가 보다 할 수밖에…

  엄마들의 수다를 들으며 이것저것 생각하다 보니 어느새 동지죽이 완성돼 밥상 위에 올라왔다.

주일이엄마   다들 소원 빌고 먹자!

주일이네 식구와 우리는 12V 전등이 희미하게 비치는 작은 밥상에 모여앉아 서로 손을 맞잡고 각자의 소원을 빌었다. 오늘만큼은 220V의 전등보다는 왠지 12V 전등이 더 분위기를 내주는 기분이다. 다른 사람들은 각자 어떤 소원을 말했는지 모르겠지만 나는 귀신을 쫓아달라고 빌었다. 평소 겁이 없는 편이긴 해도 귀신은 정말 무섭다. 나도 내가 지금 누구에게 그 소원을 빌고 있는지, 그런 소원을 들어주는 대상이 정확히 누구이고, 있는지 없는지도 모르겠지만 혹시나 하는 마음에 열심히 빌었다. "귀신이 달라붙지 않게 해 주세요~"

처음 맛본 빠다(버터)

요새는 날씨가 얼마나 추운지 모르겠다. 아무것도 하지 않고 따뜻한 아랫목에서 고구마나 구워서 먹고 싶다.

엄마   뭘 그렇게 가져 왔소?

아버지   진철이 애비 소련(러시아) 갔다가 어제 왔재? 소련 갔다온 턱이라구 빠다랑 위스키 한 병 주더라.

엄마   그래 몇 장 벌어 왔다니?

아버지   모른다.

엄마   그것부터 물어봐야지.

아버지   그럼 어제 온 사람한테 그래 돈 얼마나 벌어 왔소? 그러니? 너는 참...

엄마   그 에미네는 좋겠다. 남편이 돈 벌어 왔으니까 이제 호강할 일만 남았네 ~

보통 러시아에 다녀온 사람들은 올 때 돈을 달러나 엔화로 가지고 오는데 한 장이라고 함은 100달러를 일컫는다. 그래서 10장, 30장이라고 하면 1,000달러나 3,000달러를 벌어 왔다는 말이 된다. 러시아로 가는 사람들은 보통 광부나, 벌목공 또는 용접공으로 많이들 가는데 기간은 1년에서 2년 정도다. 하지만 2년을 아무리 열심히 벌어 봤자 3,000달러 이상을 벌어 왔다는 사람을 본 적이 없다. 하지만 국내에서 아버지들이 아무리 열심히 일해 봤자 일 년에 100달러도 벌지 말진데 러시아에 갔다 오면 목돈을 벌 수 있으니 많은 사람들이 돈을 써서라도 러시아에 가려고 한다.

엄마	봐라. 다들 러시아에 가고, 어디 가고 해서 돈 벌어 온다는데 너네 아버지는 맨날 집에서 빈둥빈둥 놀기만 하구, 나도 저런 남편 만나서 팔자 한번 펴고 싶다.
아버지	니 소련 가서 돈 버는 일이 쉬운지 아니?
엄마	돈 버는 일이 쉬운 게 어디 있니? 다들 그렇게 버는 게지.
아버지	야 그 사람들이 가면 잠도 제대로 못 자고 돈 번다. 게다가 번 것만큼 다 가지는 것두 아이구, 번 돈에서 거의 70%, 80%를 나라에 바쳐야 해서 그냥 개고생만하다가 오잖아.
엄마	그래도 다른 사람들은 잘만 가는구만.
아버지	그 사람들이 버는 돈은 다 뼈를 깎아서 버는 돈이다.
엄마	그럼 또 가는 사람들은 뭔데?
아버지	걔네 다 망해서 가는 기지, 망하지 않으면 왜 또 가개?
엄마	어쨌든 이랬든 저랬든 돈은 많이 벌어 오는구만 ~
아버지	아무튼 너네 엄마는 누가 장사꾼 딸이 아니랄까 봐 그저 돈이라 하면 오금을 못 쓴다.

아빠 말이 맞다.

러시아에 다녀온 사람들은 대부분 건강해서 갔다가 병이 걸려서 오거나, 그렇지 않더라도 오래 못 살고 죽는다. 게다가 '소련가서 번 돈이 3년을 못 간다.'는 말이 있을 만큼 아무리 돈을 많이 벌어와도 3년 이상 가는 집이 없다. 정확히는 알 수 없지만 대부분은 러시아에서 얻어 온 병 때문에 돈이 들거나 다른 이유들로 돈을 써버려 3년이면 돈이 바닥난다.

재작년에도 아빠 친구 중에 러시아에서 2년 동안 일하고 온 사람이 있었는데 백혈병에 걸려 1년을 채 넘기지 못하고 죽었고, 또 다른 사람은 간암에 걸려 죽었다. 내가 듣기로 러시아에 가면 먹는 것도 잘 먹는다던데 왜 병이 걸려서 오는지 모르겠다. 어쨌거나 어떤 이유에서인지는 모르지만 러시아에 다녀온 사람들은 일반 사람들에 비해 빨리 죽는 것은 사실이다.

나   근데 빠다는 어떻게 먹니?
아버지 빵에다가 찍어 먹는 게다.
엄마   그럼 저녁에 빵 싸다가 먹자.

진철이 아버지 덕분에 나는 빠다를 처음 맛 봤다. 조금 느끼하긴 해도 특유의 향이 마음에 들었다. 아빠는 진철이네서 가져온 위스키를 무슨 보물 보듯이 이리저리 돌려가면서 관찰한다. 위스키 한 병을 얻었다고 좋아하는 모습이 꼭 어린애 같다.

충성의 노래모임

초등학교 때까지만 해도 충성의 노래모임에서 누가 독창을 하는지, 또 하다못해 중창 종목에라도 참가하는지가 엄청나게 중요했다. 하지만 한 학년, 두 학년 올라갈수록 독창이고 뭐고 정말 귀찮다. 특별하게 나서기를 좋아하는 몇몇 아이들을 제외하고 거의 대부분은 합창에 참가하는 것조차도 싫어한다.

어릴 때는 남들에게 주목받는 일이 마냥 좋았다면 나이가 들수록 남들 앞에서 나서는 일이 부끄럽고 창피하다. 원래 노래하고 뭐하고 하는 데 관심이 없는 편이기도 하지만 할머니네 갔다오는 바람에 다행히도 12월 24일 행사에서 아무런 역할도 받지 않고 합창에만 참석하기로 해 얼마나 다행인지 모르겠다.

담임선생님 야 교장 선생님이 오기 전에 한번 맞춰 보자.

우리는 어설픈 아코디언 반주에 맞춰 준비한 무대를 시작했다.

담임선생님 저 어디, 야 지금 장난하는 것 같아? 김정숙(김정은 할머니) 어머님이 탄생하신 이 기쁜 행사에 지금 장난치는 애들은 뭐야?

선생님 말대로 이 기쁜 행사에 우리는 왜 이러고 있어야 하는지 모르겠다. 그냥 집으로 빨리 보내주면 그게 더없이 기쁜 일인데 말이다. 게다가 오늘 합창단에 서는 사람들은 모두 하얀 셔츠를 입고 오라고 했는데, 이 한겨울에 흰 셔츠가 어느 구석에 박혀 있는지도 모르겠고…

대충 흰 옷을 입기는 했는데 그것 때문에도 또 한바탕의 칼바람이 예상된다.

담임선생님 애도 아니구 이제 내일모레면 5학년 올라가는 사람들이 좀 잘하자. 흰 셔츠들은 다 입고 왔겠지? 얼른 겉옷들을 벗고 준비하자.

선생님한테 지적받을 일이 끔찍하지만 그렇다고 외투를 입고 합창단에 설 수도 없고 해서 주섬주섬 겉옷을 벗고 있는데, 안에 검은 옷을 입고 참석한 친구가 다섯 명이나 됐다.

담임선생님　하… 개귀띠, 개귀띠 해도 정말 너네 같은 개귀띠는 세상에 둘도 없을 게다. 아니 오늘 시연회 한다고, 그래서 꼭 흰 셔츠를 입어야 한다고 귀 깨지게 말했는데 흰 옷 비슷한 것도 아이구, 검은 옷을 입고 온 것들은 도대체 뭐야? 하겠다는 게야, 말겠다는 게야? 니네 지금 선생을 놀리니? 왜 선생 말이 말 같지도 않니?

또 시작됐다.

이 한겨울에 흰 셔츠를 입고 오라는 선생님도 선생님이지만, 그렇게 부탁했는데 검은 옷을 입고 나타난 아이들도 참 한심하게 생각된다. 나 같았으면 차라리 학교에 나오지 않았을 텐데 괜히 학교에 와서는 욕을 사서 먹나 싶다. 이럴 때면 빨리 커서 학교를 졸업하고 싶다. 어른이 되면 머리부터 발끝까지 매일매일 지적당하는 이 삶으로부터 자유로워질 테니 말이다.

담임선생님의 한 시간 반짜리 총화를 마치고 허기진 배를 달래며 집으로 돌아오는데 여기저기서 화려한 치마저고리에 조화 다발을 손에 든 엄마들의 모습이 눈에 띈다. 엄마들도 우리처럼 충성의 노래모임을 마치고 집으로 돌아오는 길인가 보다.

우리 입장에서는 좀 많이 귀찮기는 하지만 엄마들 입장에서는 예쁘게 단장하고 치마저고리를 입을 수 있는 일 년 중 며칠 안 되는 중요한 날일지도 모르겠다는 생각이 든다. 날마다 시장 바닥에서 식구들 먹여 살리겠다고 때 묻은 옷을 입고 다니는 우리 엄마들이 꽃단장을 하고 무대 위에 설 수 있는 날이기 때문이다. 머리도 지지고, 새빨간 연지를 진하게 바른 모습이, 치마저고리를 입는다고 굽이 높은 여름 구두를 받쳐 신은 패션이 예쁘기도, 촌스럽기도 하지만 시장에서 봐왔던 모습보다는 훨씬 보기가 좋다.

명절 준비

곧 새해가 올 거라서 그런지 요즘은 왠지 마음이 무겁다. 방학이 막 시작됐음에도 별로 즐겁지 않고 기분이 우울하다.

엄마   우리두 앞으로는 음력설에 차례 지낼까?
나   그래두 되니?
엄마   할아버지 기다릴까?
나   그러게, 해마다 1월 1일 때 차례 지냈으니까…
엄마   요새는 기분이 찜찜한 게 차례 지낼 기운이 안 난다.
나   엄마도 그렇니? 나두 그런데…
엄마   차례는 음력설에 지내고 오늘 나가서 1월 1일에 먹을 거나 좀 싸오자.

몇 년 전 까지만 해도 음력설보다는 1월 1일을 크게 보냈는데, 일본의 식민지 잔재라는 이유 때문에 최근에는 음력설을 더 크게 지낸다. 그래서 차례도 음력설에 지내는 사람들이 꽤 많다고 들었다.

엄마   우리 1월 1일에 떡 하지 말까?
나   그럼 뭐 해먹게?
엄마   만두 만들어 먹을까?
나   응~
엄마   그럼 장마당 가서 밀가루랑, 돼지고기, 인조고기(콩고기), 콩나물 그리구 또 뭐 쌀까?
나   차례도 안 지내는데 대충 먹고 음력설 때 잘 쇠자.

엄마	그러자. 그리구 올 때 장마당에서 잔돈 좀 바꿔 오나.
나	잔돈은 왜?
엄마	애들이 세배하려 오면 세뱃돈 줘야지 ~
나	아 맞다. 나는 세뱃돈 얼마 주개?
엄마	돈 해서 뭐하게?
나	뭐하기는, 싸고 싶은 게 얼마나 많은데 ~ 응? 많이 줄꺼지?
엄마	글쎄, 니 하는 거 봐서 크크크
나	엄마 하라는 거 다 할게 크크크 마이 줘, 알았지?
엄마	생각해 볼게 ~

그러고 보니 일 년이 지난다는 게 꼭 쓸쓸한 일만은 아닌 것 같다.

일 년이 지나는 덕분에 새해가 오고, 새해가 오는 덕분에 세뱃돈도 받을 수 있으니 말이다. 그나저나 세뱃돈을 받으면 뭐를 살지, 또 누구누구에게 세배를 해야 할지 한번 생각해 봐야겠다. 어쨌거나 많이 받아서 요즘 유행하는 복실이 털장갑과 머플러를 살 수 있었으면 좋겠다.

한 해를 보내며

내일이면 새로운 한 해가 시작된다. 해마다 12월 31일이 되면 나이 한 살을 더 먹는다는 것, 어른이 되어간다는 사실에 너무 기뻤다. 그러나 올해는 지난 기쁨의 몇 배 만큼 설레고 기대가 가득 찬다. 그렇게 기다리던 열 다섯 살이 나에게도 찾아온 것이다. 이제 더 이상 나는 아이가 아니다.

물론 공민증*을 발급받아 정식으로 성인이 된 것은 아니지만 그 이상으로 기대하는 것이 있었다. 그것은 김일성사회주의 청년동맹원이 될 수 있다는 것에 대한 기대와 설렘이다. 소년단 넥타이**를 벗어던지고 왼쪽 가슴에 소년단 휘장*** 대신에 청년전위상****, 당상*****을 모시고 당당하게 등교하는 내 모습을 지난 1년간 계속해서 꿈꿔왔다. 실은 청년동맹에 가입하기 이전에도 많은 학생들이 몰래 소년단 넥타이를 매지 않은 채 청년전위상을 모시고 청년동맹원 행세를 하기도 한다. 그러다가 소지******나, 사지(사로청지도원)에게 걸리면 그냥 끝난다. 한번은 몰래 넥타이를 풀고 갔다가 사지한테 걸린 적이 있었다. 나를 포함해 15명 정도의 학생들이 같은 이유로 붙잡혀 있었는데 처벌로 운동장 10바퀴를 달린 다음 학교 변소 청소를 했다. 화장실이 아닌 변소다 보니 냄새가 정말로 끔찍했다.

게다가 남자들 같은 경우에는 그날 사지의 기분에 따라 덤으로 매도 맞았다. 보통 고등학교는 한 수업이 45분인데 처벌은 거의 1시간에서 많게는 2시간 소요된다. 많은 학생들이 웬만하면 걸리지 않는 방법을 선택하는데, 사로청지도원 앞을 지날 때만 넥타이를 매는 것이다. 그러나 올해부터는 더 이상 그럴 필요가 없어졌다. 이제 나도 청년전위상을 달고 등교할 수 있게 되었기 때문이다. 뿐만 아니라 올해부터는 너무나 가고 싶었던 농촌동원*******도 간다.

그렇게 혼자 상상의 계란 탑을 쌓고 있을 때 귀를 찌르는 앙칼지고 익숙한 소리가 들려온다.

---

* 공민증: 주민등록증
** 소년단원을 상징하는, 붉은 천으로 된 사각 천으로 넥타이처럼 목에 두르는 것
*** 소년단 휘장: 소년단 뱃지
**** 청년전위상: 청년동맹에 가입하면 청년동맹증과 함께 수여되는 김일성 뱃지
***** 당상: 조선로동당 깃발모양의 김일성 뱃지
****** 소지: 학교에서 소년단 조직에 대한 총책임을 맡은 행정일꾼. 소년단 지도원을 줄여서 부르는 말. 교사는 아님
******* 해마다 9월 말에서 10월 초에 고등중학교 4학년(15살)부터 대학생들까지 1달간 농촌을 도우러 감

엄마	야~~~!!! 니 왜 아직두 안 갔니?
나	어... 어디?
엄마	내 빨리 방앗간에 가서 떡가루 봐 오라고 했니, 안 했니?
나	어~~ 잘못했다. 못 들었다. 지금 갈게.

나는 아직 해야 할 망상들이 아주 많이 남았지만, 엄마의 명령을 거역할 수 없어 불린 쌀을 들고 방앗간으로 향했다. 하지만 사람이 너무 많다. 대부분 몇 백 세대가 되는 동네에 방앗간이 기껏해야 한두 개씩 있으니 당연히 명절에는 사람이 많을 수밖에 없다. 게다가 전기도 잘 들어오지 않기 때문에 전기가 들어오기를 기다려야 하고, 자기 차례가 오기를 기다려야 한다. 가끔은 설날이 지난 다음에야 방앗간에서 나가는 사람들도 있다. 그 덕분에 떡 장수들은 떼돈을 번다.

떡 장수들은 떡가루를 망으로 갈거나 전기 없이 수동으로 가루를 낼 수 있는 기계를 이용해 떡을 만들기 때문에 전기와 무관하게 떡을 만들 수 있다. 차례를 지내야 하는데 떡가루를 보지 못한 사람들은 하는 수 없이 시장에서 떡을 살 수밖에 없다. 이런 일들이 명절마다 해마다 반복되어 아예 떡 만들기를 포기하고 사서 하는 사람들이 꽤 많이 생겼다. 또 어떤 사람들은 미리 한 달, 보름 전부터 떡가루를 빻아다가 얼려두기도 한다. 하지만 우리 집은 그럴 필요가 없다. 그냥 가서 맡겨만 놓으면 순서에 상관없이 우리 것부터 내려주기 때문이다. 평등을 중시하는 사회주의 사회에서 그게 가능하냐고? 물론 사회주의 사회니까 가능하다. 아빠의 인맥 덕분에 가능하지만 그렇다고 그것만 믿어서는 안 된다. 오늘이 바로 그 예외적인 날이다. 오늘은 24시간 동안 한 번도 전기가 들어오지 않았다. 나는 어쩔 수 없이 집으로 돌아와 어머니에게 말했다.

나	엄마 오늘 전기 한 번도 들오지 않았다재!
엄마	그럼 배전부(배전소)에 가봐. 배전부에 불이 왔으면 떡가루 봐야 하니까 방앗간에 10분이라도 전기 넣어 달라해! 그리고 근무서는 사

	람한테 교대 시간 끝나면 집에 들리라구 그래라.
나	아 걍 기다렸다가 하면 안 되니? 그 먼데를 꼭 가야 돼?
엄마	그럼 할아버지 차례상에 떡 대신에 니 앉아 있개?

 '은경이 일기'를 통해, 독자들이 북한 주민들의 일상을 더 생생하게 느낄 수 있기를 바랍니다. 은경이는 현재 대한민국에서 살고 있습니다. 다른 사람들과 마찬가지로 평범한 삶을 살고 있고, 행복한 가정을 꾸리고 있습니다.

 독자 여러분, 길을 오가며 은경이를 만날 수 있을까요?

엮은이 약력

김영수
- 현 (사)북한연구소 소장
- 현 서강대 정치외교학과 명예교수
- 현 통일부, 국방부 정책자문위원
- 전 서강대 교학부총장
- 전 북한연구학회 회장
- 서강대 정치학 박사

서유석
- 현 (사)북한연구소 연구실장
- 현 민주평통 상임위원
- 현 남북교역연구협의회 이사
- 전 서울시 통일교육위원
- 전 한국정치학회 연구위원
- 동국대 정치학 박사

최형욱
- 현 (사)북한연구소 연구원
- 전 육군 정훈장교(ROTC 56기)
- 서강대 정치학 석사

북한판 안네의 일기
은경이 일기

1판 1쇄 발행 2024년 1월 20일
1판 3쇄 발행 2024년 11월 4일

엮은이 김영수 서유석 최형욱
삽화가 이재국 ┃ 디자인 송혜근
펴낸곳 북한연구소 ┃ 출판등록 제2002-000021호
주소 서울시 동대문구 장한로 21
대표전화 02-2248-2397 팩스 02-2249-9571
홈페이지 www.nkorea.or.kr 전자우편 c03991@nate.com

- 잘못 만들어진 책은 바꾸어 드립니다.
- 이 책의 무단 복제와 전재를 금합니다.
- 책값은 뒤표지에 표시되어 있습니다.

ISBN 979-11-966881-1-0 03800